DANS LA PEAU DE

DANS LA PEAU DE

LUKAS AGENT SUPER-SECRET

Betty Piccioli
Illustré par Antoine Brivet

Larousse Jeunesse

Préambule

Bienvenue dans cette histoire interactive, où tu vas incarner Lukas, un collégien recruté par une agence spéciale. Tout au long du récit, tu devras faire des choix, et ainsi influencer la tournure des événements.

Pour cela, nous te proposons d'abord de remplir un petit test de personnalité. En fonction de tes réponses, tu seras parfois orienté(e) dans des directions précises par le livre ! Tu devras aussi faire fonctionner ton esprit : jeux, énigmes, défis à relever... Tout ça te permettra d'avancer au mieux dans ta mission.

Enfin, n'oublie pas de te munir d'un crayon à papier pour remplir ta fiche d'aventure. Et n'hésite pas à noter tout ce qui te semblera pertinent au cours de l'aventure sur le rabat du livre !

À toi de jouer !

PS : Si tu es coincé(e), tu peux trouver les solutions des jeux à la fin du livre.

Test de personnalité

Coche la réponse qui te correspond le mieux pour vivre une aventure au plus proche de ta personnalité !

En pleine nuit, tu te réveilles car tu as fait un cauchemar. Quelle est ta réaction ?

1. O Tu te tournes de l'autre côté et tu te rendors. Les cauchemars ne te font pas peur !

2. O Tu as envie de pleurer et tu te sens bouleversé(e). Mais tu te retiens !

3. O Tu essayes de comprendre le sens de ce cauchemar. Les rêves ont toujours une signification !

Dehors, il pleut, et ce sont les vacances. Quelle activité choisis-tu pour t'occuper à l'intérieur ?

1. O Tu apprends la chorégraphie de ton clip préféré.
2. O Tu lis un bon livre sous la couette.
3. O Tu regardes une émission sur les dinosaures à la télé.

Si tu étais projeté(e) dans un royaume magique, quel personnage aimerais-tu incarner ?

1. O Le chevalier courageux et intrépide, qui part à la chasse au dragon !
2. O Le prince ami des animaux, doux et gentil.
3. O Le sorcier spécialiste des potions magiques.

Si tu avais un super-pouvoir, lequel choisirais-tu ?

1. O Le pouvoir de voler.
2. O Le pouvoir de lire dans les pensées.
3. O Le pouvoir de super-intelligence.

Quel est le genre de films que tu préfères regarder ?

1. O Les films de super-héros.
2. O Les films romantiques.
3. O Les films historiques.

À l'école, quelle est ta matière préférée ?

1. O Le sport ou la technologie.
2. O Le français ou l'art plastique.
3. O Les maths ou l'histoire.

Quel est ton animal préféré ?

1. O Le lion.
2. O Le chien.
3. O Le dauphin.

Tu sors avec tes amis tout l'après-midi. Que prévoyez-vous de faire ?

1. O Un concours de sauts au skatepark.
2. O Une séance au cinéma.
3. O Un escape game.

Quel jeu vidéo achèterais-tu si tu le choisissais uniquement en fonction de son titre ?

1. O Course poursuite à Tokyo Megaplex.

2. O Les Aventures du cheval magique.

3. O Construction de ville à Ryme City.

Quel est ton style de vêtements préféré ?

1. O Des vêtements plutôt sportifs, pour pouvoir courir en toutes circonstances !

2. O Des vêtements doux et amples dans lesquels tu te sens bien.

3. O Des vêtements avec beaucoup de poches pour pouvoir transporter plein de choses avec toi !

Résultats

Compte ton nombre de réponses 1, 2 et 3.
Renseigne chaque nombre obtenu sur ta fiche d'aventure, page suivante.
Ces résultats détermineront tes choix possibles au cours de l'histoire !

Si tu as plus de 1, tu es **intrépide**

Si tu as plus de 2, tu es **sensible**

Si tu as plus de 3, tu es **logique**

Fiche d'aventure

Cette fiche sera ton guide tout au long de l'aventure pour réussir ton parcours.

Pense à la remplir au crayon à papier, pour pouvoir rejouer ce livre.

Comptabilise d'abord le nombre de points que tu as obtenus pour chaque trait de personnalité :

 ____________

 ____________

 ____________

Au cours de ton aventure, tu pourras cumuler des points qui te permettront à la fin de réussir ta mission. Comptabilise-les ici :

 ____________

 ____________

 ____________

Total : ____________

Notes :

Si tu souhaites rejouer ce livre, c'est possible !

Tu peux décider de choisir un autre chemin de personnalité que le tien, ou bien faire tous tes choix au hasard pour explorer l'histoire.

1

– **Lukas !** C'est l'heure ! Allez, sors de ton lit !

La voix de ta mère vient presque couvrir la sonnerie stridente de ton réveil. Une chose est sûre, tu n'es vraiment pas matinal. Mais aujourd'hui, c'est ton anniversaire ! Tu aurais bien aimé pouvoir passer ta journée ailleurs qu'au collège... Tu t'étires sur ton lit en bâillant.

Tu n'aurais pas dû te coucher aussi tard, hier soir, mais tu voulais continuer ta partie. Dans quatre jours, tu as une compétition d'e-sport, la première de ta vie ! Ça fait deux ans maintenant que tu t'entraînes sur ton ordinateur à ce jeu de coopération dont tous les ados raffolent, inspiré d'un vieux jeu de rôle japonais, *Katsa et les guerriers*. Tu es devenu de plus en plus accro, au point que tes parents t'ont inscrit il y a trois mois dans

HATSA
POWER

un club de passionnés de Katsa. Les participants sont tous des adolescents, comme toi. Et avec ton équipe, vous participez à votre premier tournoi régional !

Tu descends les escaliers en pyjama, un peu grognon. Dans la cuisine, tes parents t'attendent. Ton père est en train de tartiner du pain grillé avec la confiture de ta grand-mère. Ils sont trop mignons, ils t'ont préparé le petit déjeuner pour ton anniversaire ! Mais tu regardes la quatrième chaise devant toi. Ta mère surprend ton regard.

– Julia serait là si elle avait pu, tu le sais bien. Allez, viens prendre ton petit déjeuner.

Julia, ta grande sœur de dix-sept ans, est à l'internat à l'autre bout de la France, dans un lycée spécialisé pour les prodiges des sciences. Vous êtes très proches, et bien sûr elle te manque. Tu regardes ton téléphone portable, que tu viens d'allumer. Elle a dû partir pour aller en cours il y a dix minutes, et pourtant, elle ne t'a pas envoyé de message pour ton anniversaire…

Tu n'as pas le temps de t'apitoyer car quelqu'un sonne à la porte. Ton père va ouvrir et revient dans la cuisine avec un colis plat, bien emballé.

– Lukas, je crois que c'est pour toi !

Sur le carton, tu reconnais tout de suite l'écriture de ta grande sœur. Elle a pensé à toi, finalement ! Tu le déballes, et tu trouves une drôle de carte d'anniversaire avec un paquet-cadeau.

Tu reconnais bien là ta sœur ! Toujours énigmatique, à essayer de te surprendre. C'est elle qui t'a initié à Katsa, d'abord grâce aux cartes à jouer, puis avec le jeu vidéo. Tu ouvres son paquet-cadeau et découvres avec émerveillement ce qu'il contient : un deck entier de Katsa ! La version originale des cartes à jouer, soigneusement emprisonnées dans un classeur ! C'est en effet le bien le plus précieux de ta sœur : toute sa collection, qu'elle réunit depuis qu'elle est toute petite en la rangeant savamment dans des dizaines de pochettes en plastique ! Et à présent, elle est à toi ; tu devras en prendre soin.

– Ça, c'est un beau cadeau, remarque ton père.

Tu feuillettes les pages, émerveillé face à toutes tes cartes préférées. La carte gold de Lord Furion, la version collector pailletée de Liz Azuelos, toutes les versions des transformations du sorcier maléfique... Ta sœur doit être l'une des seules en France à posséder une telle collection ! En parcourant en détail le classeur, tu remarques des petites entailles dans certaines pochettes en plastique. C'est étrange, parce que Julia a toujours pris grand soin de sa collection.

Ce n'est pas très grave, tant que les cartes ne sont pas abîmées.

– Tu devrais appeler Julia pour la remercier, propose ta mère.

– Je vais plutôt lui envoyer un texto. Elle est déjà en cours, là.

Tes parents acquiescent. Tu tapes à toute vitesse sur ton téléphone : ta sœur sera contente de savoir que son cadeau te plaît tant et que tu as traduit son message secret !

– Tu vas être en retard au collège si tu restes ici à rêvasser, remarque ton père.

Il a raison ! Il est presque l'heure de partir, tu ferais mieux de te dépêcher. Tu enfournes une tartine dans ta bouche, fais passer le tout avec un grand verre de jus d'orange, et remonte dans ta chambre. Tu hésites un peu avant de glisser la collection de ta sœur dans ton sac de cours. D'un côté, tu n'as pas envie de la quitter et tu veux la montrer à tes potes, mais de l'autre, tu as peur de l'égarer ou que quelqu'un te la vole... Bon, tu y feras très attention ! Tu fourres le classeur dans ton cartable, bien caché entre tes cahiers et tes livres de cours. Tu t'habilles en vitesse : un jean large, un tee-shirt de Katsa bleu, ton sweat à capuche noir par-dessus, et une paire de Converse. Ça fera bien l'affaire.

Tu redescends, salue tes parents et sors de la maison. Mais comment vas-tu te rendre au collège aujourd'hui ?

Si tu as au moins 4 ⚡ tu peux te rendre au **2** et utiliser ton skateboard.

Si tu as au moins 4 🍃 tu peux te rendre au **3** et prendre le bus.

Si tu as au moins 4 💡 tu peux te rendre au **4** et demander à ta mère de t'emmener.

2

Il fait plutôt beau, aujourd'hui, et tu as envie de prendre l'air. Alors tu attrapes ton skateboard dans le garage et tu montes dessus. Tu en as pour une dizaine de minutes avant d'arriver au collège, et quasiment tout le trajet est en pente. De quoi accélérer, sauter par-dessus une ou deux rampes, et bien commencer ta journée ! Mais la sécurité avant tout : tu n'oublies pas d'enfiler ton casque et tes genouillères.

Tu te cambres légèrement en avant, ton sac sur le dos, et commences à pousser le trottoir avec ton pied gauche. D'abord, dépasser le premier feu rouge, puis tourner à gauche sur le passage piéton. Le chien de la grande maison bleue t'aboie dessus, comme d'habitude. Tu dépasses l'immeuble où habite ton copain Grégoire, qui doit déjà être arrivé depuis longtemps au collège, vu que son père l'amène tôt avant de partir travailler. Tout en bas de la pente, tu aperçois l'établissement. Il ne te reste plus qu'à glisser, et le tour est joué.

Alors que tu entames ta descente, prenant soin de freiner régulièrement pour ne pas risquer de tomber, tu te mets à réfléchir de nouveau à la compétition de samedi. Elle va être difficile, tu as tellement peur d'échouer... Tes coéquipiers sont bien plus expérimentés que toi. Tu es un fan absolu de Katsa, mais ça ne suffit pas à maîtriser le jeu en ligne. La plupart des joueurs ont dix-huit ou vingt ans et jouent depuis des années ! En fait, tu te demandes si tu as vraiment l'esprit de compétition suffisant pour tout ça...

Quand tu arrives devant la grille du collège, la surveillante pointe une montre imaginaire sur son poignet, pour te signifier que tu es en retard. Tu lui souris en t'excusant, descends de ton skate et, comme à ton habitude, tu le caches avec ton casque dans un buisson à l'entrée du collège. Jusqu'ici, jamais personne ne te l'a volé, alors avec un peu de chance, ça se passera bien aujourd'hui aussi ! Un homme en costume-cravate te fixe, de l'autre côté de la grille. Bah, il n'a pas vraiment le profil d'un voleur de skateboard.

Tu sors ton téléphone de ta poche une dernière fois. Julia n'a même pas répondu à ton texto... Ce silence le jour de ton anniversaire ne lui ressemble pas. Tu soupires, un peu déçu, et avances vers ta salle de classe.

Rendez-vous au **5**.

3

Vu ton retard ce matin, ce serait un peu risqué d'aller au collège à pied, et tu te sens trop stressé pour prendre ton skateboard. Tu n'as pas envie non plus d'embêter tes parents... Alors tu décides de prendre le bus. Tu espères qu'il y en a un qui passera bientôt. Comme par miracle, alors que tu t'avances dans la rue, tu vois arriver le véhicule. Tu cours jusqu'à l'arrêt, et, heureusement, le chauffeur te permet de monter au dernier moment.

– Merci ! lances-tu en passant ta carte d'abonnement devant le lecteur.

Il y a un peu de monde à l'intérieur, mais tu trouves une place à côté d'une dame âgée. Tu t'installes et sors tes écouteurs de ton sac. Seulement trois arrêts te séparent du collège, juste le temps d'écouter une chanson pour te détendre. À l'avant du bus, un homme en costume-cravate te fixe. Tu détournes les yeux. Ton appli de musique lance un vieux titre de Muse et tu fermes les paupières. Ça ne t'empêche pas de te mettre à réfléchir de nouveau à la compétition de samedi. Elle va être difficile, tu as tellement peur d'échouer… Tes coéquipiers sont bien plus expérimentés que toi. Tu es un fan absolu de Katsa, mais ça ne suffit pas à maîtriser le jeu en ligne. La plupart des joueurs ont dix-huit ou vingt ans et jouent depuis des années. En fait, tu te demandes si tu as vraiment l'esprit de compétition suffisant pour tout ça…

Soudain, le bus freine un peu fort : un adolescent a traversé sans regarder devant lui ! Heureusement, plus de peur que de mal, et tu te rends compte que tu étais à deux doigts de rater ton arrêt. Décidément, tu as vraiment la tête ailleurs, aujourd'hui. Tu descends rapidement et te presses vers l'entrée de ton établissement, où la surveillante à la grille pointe une montre imaginaire sur son poignet, pour te signifier que tu es en retard. Tu lui souris en t'excusant et entres à toute vitesse dans le collège. Tu vas tenter de passer une journée de cours on ne peut plus normale !

Tu sors ton téléphone de ta poche une dernière fois. Julia n'a même pas répondu à ton texto. Ce silence le jour de ton anniversaire ne lui ressemble pas. Tu soupires, un peu déçu, et avances vers ta salle de classe.

Rendez-vous au 5.

4

C'est vrai que tu es un peu en retard, ce matin. Tu n'auras pas le temps d'aller à pied au collège, tu te sens trop stressé pour prendre ton skateboard, et le bus sera en retard, comme d'habitude. Non, en y réfléchissant bien, la seule solution est de demander à tes parents de t'emmener. Tu pénètres de nouveau dans ta maison et files directement dans la cuisine.

– Heu... L'un de vous peut m'amener au collège ? Je suis vraiment en retard ! En plus, c'est mon anniversaire...

Ton père soupire et c'est ta mère qui capitule. Elle attrape les clés de sa voiture. C'est une petite citadine qui commence à être un peu âgée, mais tu l'aimes bien.

– Pas de chance d'avoir école le jour de ton anniversaire... lance maman en démarrant.

– Oui, j'aurais préféré dormir toute la matinée et jouer aux jeux vidéo.

– Tu aurais pu t'entraîner pour ton tournoi, c'est sûr.

Maman remet le sujet qui fâche sur le tapis ; tu commences à réfléchir de nouveau à la compétition de samedi. Elle va être difficile, tu as tellement peur d'échouer... Tes coéquipiers sont bien plus expérimentés que toi. Tu es un fan absolu de Katsa, mais ça ne suffit pas à maîtriser le jeu en ligne. La plupart des joueurs ont dix-huit ou vingt ans et jouent depuis des années. En fait, tu te demandes si tu as vraiment l'esprit de compétition suffisant pour tout ça...

Tu es sorti de tes pensées quand ta mère se gare devant le collège. La surveillante pointe une montre imaginaire sur son poignet, pour te signifier que tu es en retard. Tu lui souris en t'excusant et déposes un baiser sur la joue de ta mère.

– Merci maman ! À ce soir !

En sortant de la voiture, tu manques de te cogner dans un homme en costume-cravate, qui ne s'excuse même pas. Après avoir franchi la grille du collège, tu sors ton téléphone de ta poche une dernière fois. Julia n'a même pas répondu à ton texto. Ce silence le jour de ton anniversaire ne lui ressemble pas. Tu soupires, un peu déçu, et avances vers ta salle de classe.

Rendez-vous au 5.

5

Tes deux premières heures de cours se sont bien passées. Tu aimes les mathématiques et la physique-chimie, même si tu n'es pas toujours très doué. Au moins, tu apprends des choses sur la science, comme ta grande sœur. C'est l'heure de la récré, et tu as une envie pressante. Tu profiteras d'être enfermé dans les toilettes pour regarder ton téléphone.

Étrangement, quand tu arrives dans les toilettes des garçons, il n'y a personne. D'habitude pendant la récré, tout le monde se précipite ici pour se soulager, et parfois faire des batailles d'eau assez pénibles. Là, tu es seul. Tu regardes ton téléphone ; Julia ne t'a toujours pas répondu. Tout à l'heure tu étais déçu, maintenant, tu commences à t'inquiéter. Ça ne lui ressemble vraiment pas, de t'ignorer comme ça...

La porte des toilettes s'ouvre. Un garçon bien plus grand que toi entre, suivi d'un deuxième avec une sacrée carrure. Tu les observes dans le miroir. C'est étrange, ils portent tous les deux une casquette bleue sans aucune inscription dessus, qui leur cache les yeux. Et puis, ils sont en costume-cravate ou tu rêves ? Plus ils s'approchent des lavabos, plus tu t'aperçois qu'ils n'ont pas du tout l'air de collégiens, ni même de lycéens. Le grand se place à ta droite, le second à ta gauche, comme dans les films de mafia. Tu n'oses pas parler le premier et te contentes de remettre ton téléphone dans la poche ventrale de ton sweat.

– Lukas Pottier ?

– Heu oui, c'est moi...

– Très bien. Venez avec nous.

– Pardon ? Mais vous êtes qui ?

Les armoires à glace ne te répondent pas. Deux grosses mains s'abattent sur tes épaules, et dans ta tête, tu ne penses qu'à une chose : tu es en train de te faire kidnapper !

Vite, tu dois réagir !

Si tu as au moins 4 **tu peux te rendre au 6 et essayer de te battre.**

Si tu as au moins 4 **tu peux te rendre au 7 et négocier.**

Si tu as au moins 4 **tu peux te rendre au 8 et essayer de t'échapper.**

6

Tu réagis quasi instantanément, tous tes sens en alerte. Tu es peut-être un geek, mais tu as aussi fait du karaté l'an dernier ! Alors tu tentes une prise pour faire lâcher l'un de tes adversaires, un coup franc de la tranche de ta main sur son poignet. Il ne s'y attendait pas et te lâche ! Tu en profites pour frapper le ventre de l'autre gorille, qui a le souffle coupé. Tu fais deux pas en arrière, te dégageant d'eux, et te replaces en position de combat alors qu'ils se remettent de leurs émotions. À présent, tu vois leurs yeux sous leur casquette. Ils ont l'air super-énervés, mais tu ne vas pas te laisser kidnapper comme ça !

– Vous ne m'aurez pas ! hurles-tu.

Ils ne te répondent pas et s'avancent vers toi, menaçants. Tu recules d'un pas et t'enfermes dans l'une des cabines, mais l'un des kidnappeurs se rue sur la porte et la fait voler en éclats. Tu te jettes au sol et rampes jusqu'à la prochaine cabine. Là, une main t'attrape par le sweat et te soulève. Tu donnes des coups de pied dans tous les sens, mais le colosse t'assoit sur la cuvette des toilettes.

– Allez, calme-toi, Lukas ! On te veut aucun mal ! Attention, ça va un peu secouer...

Tu n'as pas le temps de protester : le siège des toilettes sur lequel tu es assis bascule en arrière ! Tu cries de surprise, alors que tu te sens glisser. Tu essayes de t'arrêter, mais les parois autour de toi sont trop lisses, et le tunnel est trop étroit pour te relever. En fait, on dirait que tu es... dans un toboggan ? Tout à coup, tu sens comme un matelas sous toi, et ta course s'arrête enfin. Mais tu n'as pas le temps de te relever que le matelas se met à bouger. Tu plisses les yeux dans l'obscurité pour mieux voir. Tu es dans un genre de boîte en métal super-grande, comme un ascenseur, sauf qu'il n'y a pas de boutons pour l'arrêter et que le caisson bouge dans tous les sens. À gauche, à droite, en avant, en arrière, en haut, en bas. Tu n'as aucune idée d'où tu es tombé !

Au bout de quelques minutes, la drôle de boîte s'immobilise. Une porte s'ouvre devant toi, alors que tu as toujours les fesses posées sur le matelas. Une grande lumière t'éblouit et une silhouette de femme se dessine. Il te faut quelques secondes pour retrouver une vue normale. La dame est rousse, de l'âge de tes parents sûrement. Elle te tend une main pour t'aider à te relever.

– Bienvenue à l'Agence, Lukas Pottier. Je suis Angelica Blake, la directrice, et je suis ravie de te rencontrer.

Mais où as-tu atterri ? Pour le savoir, additionne toutes les parties du corps citées dans ce chapitre. Le résultat t'indiquera à quel chapitre aller.

7

Tu comprends tout de suite que la situation s'annonce périlleuse pour toi. Impossible de te battre contre ces deux colosses, ni de t'enfuir : ils te rattraperont avant que tu atteignes la porte. Non, ta seule solution, c'est d'essayer de négocier avec eux. Tu gardes ton calme et observes les deux mains qui te tiennent solidement les épaules.

– Messieurs, je vous ai demandé qui vous étiez. Il serait poli de me répondre.

– Notre identité est confidentielle, répond celui de gauche. Suis-nous sans discuter.

Tu fais rouler ton épaule pour te dégager, en vain.

– Vous n'essayez quand même pas de me kidnapper, là ? Je ne suis qu'un gamin sans intérêt… En plus, c'est mon anniversaire. Allez, soyez sympas. Laissez-moi partir.

Les deux gorilles se regardent. Tu crois un instant qu'ils vont t'écouter, mais au lieu de ça ils passent leur autre main sous tes aisselles, et tu décolles du sol.

– Hé ! Non, lâchez-moi ! À L'AIDE ! À L'AIDE ! AU SECOURS !

Personne ne te vient en aide, et les deux colosses t'amènent dans une cabine de toilettes pendant que tu te débats, toujours en vain. Tu donnes des coups de pied dans tous les sens, mais l'un des deux t'assoit sur la cuvette des toilettes.

– Allez, calme-toi, Lukas ! On te veut aucun mal ! Attention, ça va un peu secouer...

Tu n'as pas le temps de protester : le siège des toilettes sur lequel tu es assis bascule en arrière ! Tu cries de surprise, alors que tu te sens glisser. Tu essayes de t'arrêter, mais les parois autour de toi sont trop lisses, et le tunnel est trop étroit pour te relever. En fait, on dirait que tu es... dans un toboggan ? Tout à coup, tu sens comme un matelas sous toi, et ta course s'arrête enfin. Mais tu n'as pas le temps de te relever que le matelas se met à bouger. Tu plisses les yeux dans l'obscurité pour mieux voir. Tu es dans un genre de boîte en métal super-grande, comme un ascenseur, sauf qu'il n'y a pas de boutons pour l'arrêter et que le caisson bouge dans tous les sens. À gauche, à droite, en avant, en arrière, en haut, en bas. Tu n'as aucune idée d'où tu es tombé !

Au bout de quelques minutes, la drôle de boîte s'immobilise. Une porte s'ouvre devant toi, alors que tu as toujours les fesses posées sur le matelas. Une grande lumière t'éblouit et une silhouette de femme se dessine. Il te faut quelques secondes pour retrouver une vue normale. La dame est rousse, de l'âge de tes parents sûrement. Elle te tend une main pour t'aider à te relever.

– Bienvenue à l'Agence, Lukas Pottier. Je suis Angelica Blake, la directrice, et je suis ravie de te rencontrer.

Mais où as-tu atterri ? Pour le savoir, additionne toutes les parties du corps citées dans ce chapitre. Le résultat t'indiquera à quel chapitre aller.

8

Face à cette situation délicate, il n'y a pas trente-six solutions. Ces deux gorilles n'ont pas l'air de plaisanter, ni d'être prêts à négocier. Ils sont bien plus grands et plus forts que toi, alors tes deux ans de karaté ne te serviront pas à grand-chose. Tu jettes un coup d'œil discret dans le miroir en direction de la porte d'entrée des toilettes. Elle est à peu près à trois mètres derrière toi. Si tu parviens à te libérer de leur emprise, tu pourrais y parvenir assez facilement... En une fraction de seconde, tu échafaudes un plan.

– Très bien, messieurs, je vais vous suivre. Puis-je juste terminer de me laver les mains ?

Les deux colosses te fixent et, dans un accord silencieux, te lâchent mais continuent de t'entourer. Tu prends une grande inspiration alors que tu ouvres le robinet et d'un seul coup, tu presses ta paume sous le jet, faisant gicler de l'eau partout, y compris dans les yeux des deux kidnappeurs. Tu profites de leur trouble pour courir jusqu'à la porte. Ton plan fonctionne ! Tu saisis la poignée, la tourne, et... Non, c'est verrouillé !

– Tu croyais vraiment qu'on la laisserait ouverte ? rigole l'un des colosses.

Ils se précipitent sur toi, plaquent leurs mains sous tes aisselles, et tu décolles du sol.

– Hé ! Non, lâchez-moi ! À L'AIDE ! À L'AIDE ! AU SECOURS !

Personne ne te vient en aide, et les deux colosses t'amènent dans une cabine de toilettes pendant que tu te débats, en vain. Tu donnes des coups de pied dans tous les sens, mais un des colosses t'assoit sur la cuvette des toilettes.

– Allez, calme-toi, Lukas ! On te veut aucun mal ! Attention, ça va un peu secouer...

Tu n'as pas le temps de protester : le siège des toilettes sur lequel tu es assis bascule en arrière. Tu cries de surprise, alors que tu te sens glisser. Tu essayes de t'arrêter, mais les parois autour de toi sont trop lisses, et le tunnel est trop étroit pour te relever. En fait, on dirait que tu es... dans un toboggan ? D'un coup, tu sens comme un matelas sous toi, et ta course s'arrête enfin. Mais tu n'as pas le temps de te relever que le matelas se met à bouger. Tu plisses les yeux dans l'obscurité pour mieux voir. Tu es dans un genre de boîte en métal super-grande, comme un ascenseur, sauf qu'il n'y a pas de boutons pour l'arrêter et que le caisson bouge dans tous les sens. À gauche, à droite, en avant, en arrière, en haut, en bas. Tu n'as aucune idée d'où tu es tombé !

Au bout de quelques minutes, la drôle de boîte s'immobilise. Une porte s'ouvre devant toi, alors que tu as toujours les fesses posées sur le matelas. Une grande lumière t'éblouit, et une silhouette de femme se dessine. Il te faut quelques secondes pour retrouver une vue normale. La dame est rousse, de l'âge de tes parents sûrement. Elle te tend une main pour t'aider à te relever.

– Bienvenue à l'Agence, Lukas Pottier. Je suis Angelica Blake, la directrice, et je suis ravie de te rencontrer.

Mais où as-tu atterri ? Pour le savoir, additionne toutes les parties du corps citées dans ce chapitre et soustrais 1. Le résultat t'indiquera à quel chapitre aller.

9

– **Heu... bonjour.**

Tant de questions se bousculent dans ton esprit que tu ne sais même pas par où commencer. Déjà, qui est cette Angelica Blake, et pourquoi t'a-t-elle kidnappé ? Et puis, c'était quoi ce toboggan et cet ascenseur bizarre ? Et d'ailleurs, où est-ce que tu es ?

Tu balayes du regard l'espace autour de toi. Tu as atterri dans un immense hangar qui grouille de monde, et à en croire la pierre qui recouvre les murs et l'absence de fenêtres, il est bien probable que tu sois dans un sous-sol. Des gens sont habillés en blouse blanche, d'autres en costume-cravate, d'autres portent des armes... Et tu viens de remarquer trois avions de chasse et une flopée de jeeps noires au bout du hangar. L'« Agence », c'est bien ce qu'elle a dit ? Tu ouvres grand la bouche pour poser une question, mais Angelica Blake te coupe la parole directement.

– Tu dois avoir un tas de questions à me poser. Ne t'en fais pas, nous allons y répondre ! Je suis désolée que nous ayons dû t'amener ici de cette manière, mais notre temps est compté et nous ne voulions prendre aucun risque. Ton collège est peut-être sur écoute, l'exfiltration était donc la meilleure solution. Suis-moi, les agents Cassidy et Godefroy vont nous accompagner.

Tu remarques un léger accent britannique dans sa voix. Elle pointe du doigt un autre ascenseur, et tu sursautes quand la porte s'ouvre sur les deux gorilles qui t'ont kidnappé. Ils n'ont pas été tendres avec toi, ces deux-là. Tu retrouves tout à coup toute ton énergie.

– Je veux savoir où je suis et pourquoi vous m'avez kidnappé !

– Oui, bien sûr, c'est normal ! Viens dans mon bureau, je te prie.

Tu la suis alors qu'elle accélère le pas dans son tailleur gris, ses petits talons claquant sur le sol en métal du hangar. Toutes les personnes que vous croisez saluent Angelica Blake. Finalement, vous sortez du hangar pour vous retrouver dans un long couloir métallisé. Vous bifurquez à gauche et franchissez une porte en verre. Là, tu découvres une grande pièce ovale recouverte de béton. Au mur, des dizaines de photos d'agent en costume-cravate en mission, et sur certaines, tu crois apercevoir Angelica Blake, plus jeune. Elle s'assoit derrière un grand bureau aux courbes futuristes, tout en verre, et te fait signe de faire de même. Tu te laisses tomber dans un fauteuil vert hyper-moelleux qui a l'air tout droit sorti d'un film de James Bond des années 1970.

– Lukas, je ne vais pas y aller par quatre chemins. Ta sœur, Julia, a disparu.

Rendez-vous au 17.

10

Même si tu n'es pas vraiment rassuré par tout ça et que tu n'es pas sûr d'avoir confiance en Angelica Blake, tu saisis le stylo qu'elle te tend et signes le contrat sans même prendre la peine de le lire. Tu n'as pas le temps de tergiverser, ta sœur est en danger de mort ! En plus, ce qui t'arrive est un peu irréel : combien de fois dans sa vie a-t-on l'occasion de devenir agent secret ?

– Parfait ! lance la directrice. Mettons-nous tout de suite au travail !

Elle appuie sur un bouton bleu sous son bureau et la porte derrière toi s'ouvre automatiquement. Un garçon de dix-huit ans, peut-être moins, entre dans la pièce. Il porte un costume-cravate lui aussi, il a des cheveux bruns emmêlés et la peau mate.

– Lukas, je te présente Naveen. C'est le partenaire de ta sœur, dont je t'ai parlé. Aussi connu sous le nom de code Whale.

Un bref instant, tu penses qu'il est mignon et que ta sœur et lui ont peut-être vécu une romance. Mais tu te ressaisis. Non, Julia ne pense pas du tout aux garçons ! Et puis tu dois surtout t'occuper de sa disparition.

– Bonjour Lukas, lance le garçon en te tendant la main. Ta sœur m'a beaucoup parlé de toi.

Tu ne peux pas en dire autant de lui, alors tu lui serres juste la main en acquiesçant. Naveen s'assied sur le siège à côté de toi et sort une liasse de document de sa mallette.

– Voici toutes les informations dont nous disposons sur la disparition de ta sœur et la mission en cours.

Il étale le dossier sur le bureau et tu commences à l'étudier attentivement.

TOP SECRET

AVIS DE RECHERCHE
7'0
6'6
6'0"
5'6
5'0
4'6

Tout ça te fait froid dans le dos. Dans quoi ta grande sœur s'est-elle embarquée ? Alors que tu termines de tourner les pages et d'observer les photos, Angelica Blake se lève.

– Nous avons du pain sur la planche, Lukas. Suis-moi. Ton entraînement doit commencer tout de suite.

Pas si vite !

Pour pouvoir te rendre à l'entraînement express des agents secrets, réponds à cette question :

Quel est le nom de la célèbre agence de renseignement britannique, que l'on voit notamment dans les films de James Bond ?

Le FBI. Rends-toi en 12.

Le KGB. Rends-toi en 15.

Le MI-6. Rends-toi en 16.

11

Tu tends le classeur à la directrice de l'Agence avec un brin de méfiance. Après tout, c'est à toi que Julia a confié sa précieuse collection. Mais Angelica Blake manipule l'objet comme s'il s'agissait d'une relique ancienne. Elle pose une petite paire de lunettes sur le bout de son nez, enfile une paire de gants en velours et allume une lampe de bureau. Très délicatement, elle ouvre le classeur, à chaque page et examine les cartes. Elle en sort même quelques-unes de leur étui. Tu te sens obligé de commenter.

– C'est une collection complète de cartes à jouer du jeu Katsa. Je ne sais pas si vous connaissez… Julia et moi, on en est fans depuis longtemps. Ça fait des années qu'elle réunit cette collection. Il y a même des cartes rares de 1982 dans le lot, et des collectors.

Angelica Blake acquiesce mais ne dit rien pendant les longues minutes de son examen minutieux.

– Fascinant, finit-elle par dire. Tout bonnement fascinant. Est-ce qu'elle a laissé un mot avec ça ?

Tu lui tends le bout de papier sur lequel tu as déchiffré la lettre de ta sœur tout à l'heure. Elle le lit, le relit. Puis elle le pose sur le classeur et se laisse tomber au fond de son siège.

– C'est vraiment fascinant, parce que je n'ai absolument aucune idée de ce que ta sœur a pu cacher comme message dans cet objet.

– Donc vous ne pouvez pas l'aider ?

Tu sens une vague de désespoir monter en toi. Alors quoi, Angelica Blake et ses agents secrets vont abandonner ta sœur ?

– Moi je ne peux pas l'aider, non... Mais je suppose que si elle t'a envoyé ce classeur, c'est que toi, tu le peux.

– Mais je... Je ne suis qu'un enfant ! Comment voulez-vous que...

– Tss-tss ! Pas de pleurnicheries avec moi ! Tu n'as que douze ans, certes, mais tu es sûrement aussi intelligent que ta sœur ! Tu ferais sans aucun doute un bon agent secret, avec l'entraînement adéquat. De toute façon, à ce stade, nous n'avons pas vraiment le choix.

– Vous voulez que je devienne un agent secret ? Moi ?!

Celle-là, tu ne l'avais pas vu venir ! Elle débloque complètement, cette Angelica Blake !

– Mais oui, absolument. Tu vois un autre moyen de sauver ta sœur ?

– Je sais pas, moi... Envoyez une bombe sur le repaire de ce dangereux milliardaire !

– Et risquer de causer la mort de Julia, au passage ? Tu n'es pas sérieux, Lukas. En plus, nous n'avons aucune idée d'où se trouve son repaire.

11

– Naveen n’est pas capable de vous le dire ?

– Il a perdu connaissance dans l’attaque et s’est réveillé à des centaines de kilomètres. Il n’a aucune idée de ce qui s’est passé ni de ce qui est arrivé à sa coéquipière.

– Pas très efficace, pour un agent secret…

Angelica Blake ne relève pas ton insolence. Elle sort une liasse de papiers de son bureau et la pose devant toi. Dessus, tu peux lire : « Contrat d’engagement ».

– Alors, tu veux sauver ta sœur, oui ou non ?

Si tu veux accepter et signer, rends-toi au **10**.

Si tu ne veux pas accepter, rends-toi au **13**.

12

Oups ! Tu t'es trompé, le FBI est une agence de renseignement américaine !

Retourne au **10** *et recommence !*

12 bis

Oups ! Tu t'es trompé, le FBI est une agence de renseignement américaine !

Retourne au **13** *et recommence !*

13

Tu sens une goutte de sueur perler le long de ta tempe. Tu lis le contrat d'engagement ; à la fin, en tout petit, il est écrit : « L'Agence n'est pas responsable en cas de brûlures au laser, membres arrachés par un requin, mort accidentelle en jet-ski pendant une mission. »

– Non, non... Je regrette... Je ne peux pas signer.

Tu te lèves d'un bond, et même si Angelica Blake proteste, tu ne lui laisses pas vraiment le choix. Pourquoi ce serait à toi, garçon de douze ans, de risquer ta vie ? Ils n'ont pas assez d'agents expérimentés pour régler la situation ? Non, tu n'es pas à la hauteur, tu ne ferais qu'empirer la situation...

Tu presses le bouton de sortie près de la porte. En arrivant dans le couloir, tu tombes nez à nez avec un garçon. Il est plus grand que toi, mais il doit avoir à peine dix-huit ans. Il porte un costume-cravate, il a des cheveux bruns emmêlés et la peau mate.

– C'est toi, Lukas ? te demande-t-il. Je suis Naveen, le partenaire de ta sœur.

Il te tend la main et tu la serres, oubliant que tu cherchais à t'enfuir il y a encore quelques secondes. Un bref instant, tu penses qu'il est mignon et que ta sœur et lui ont peut-être vécu une romance. Mais tu te ressaisis. Non, Julia ne pense pas du tout aux garçons !

– Julia m'a beaucoup parlé de toi. Tu es venu nous aider à la retrouver, c'est ça ?

C'est bizarre, mais son visage te rassure. Il attend de toi une réponse, et tu viens de dire non à Angelica Blake.

– Je... Je ne pense pas être qualifié pour ça, désolé...

– Comment ? Mais ta sœur compte sur toi ! Tu es notre seul espoir, Lukas ! Regarde, je t'ai apporté le dossier sur sa disparition.

Il ouvre la mallette qu'il tenait dans sa main et étale par terre le dossier qu'elle contient. Tu observes les pages avec attention.

TOP SECRET

AVIS DE RECHERCHE
7'0
6'6
6'0"
5'6
5'0
4'6

Tout ça te fait froid dans le dos. Ta sœur est réellement en danger, c'est certain. Angelica Blake ne t'a pas menti. En plus, en parcourant le dossier, tu trouves déjà quelques pistes pour savoir par où commencer. Naveen achève de te convaincre avec son regard implorant. Tu te relèves, le dossier entre les mains. Tu ne l'avais pas remarquée, mais Angelica Blake se tient silencieusement sur le pas de la porte de son bureau.

– D'accord, je vais signer votre contrat.

Vous entrez tous les trois dans le bureau et tu attrapes le premier stylo qui te passe sous la main pour signer ce fichu papier. Tu sais ce qu'il contient, mais l'important à présent, c'est ta sœur, et rien d'autre.

– Merci, Lukas, commente Angelica Blake. Nous avons du pain sur la planche, crois-moi. Maintenant, suis-moi. Ton entraînement doit commencer tout de suite !

Pas si vite !

Pour pouvoir te rendre à l'entraînement express des agents secrets, réponds à cette question :

Quel est le nom de la célèbre agence de renseignement britannique, que l'on voit notamment dans les films de James Bond ?

Le FBI. Rends-toi en **12 bis**.

Le KGB. Rends-toi en **15 bis**.

Le MI-6. Rends-toi en **16**.

14

La salle d'armement est un lieu impressionnant. Tous les murs sont recouverts d'un revêtement violet et de néons de la même couleur. Quand tu arrives, Angelica Blake t'attend et t'accueille d'un sourire. Derrière elle, tu remarques une femme plus jeune avec les cheveux tressés et des lunettes rondes.

– Ah, Lukas, te voilà ! Je te présente Phoebe Hallway, notre spécialiste de l'armement ! C'est elle qui dirige ce laboratoire dernier cri. Je te laisse à ses bons soins et je te retrouve dès que tu seras prêt, sur la plateforme de décollage, d'accord ?

Tu n'as pas le temps de lui répondre que l'autre femme se précipite vers toi pour te serrer la main. Elle jette un rapide coup d'œil à celle-ci, à tes poignets et à tes bras par-dessus ses lunettes.

– Enchantée, Lukas. Tu es le petit frère de Julia, c'est bien ça ?

Tu acquiesces alors que la porte se referme derrière Angelica Blake. Te voilà seul avec la spécialiste des armes. Elle se détourne et se dirige vers une grande table.

– Viens, mets tes mains ici.

Tu t'approches d'elle et t'exécutes. La table devant toi s'enfonce, avec tes doigts à l'intérieur !

– Ne les retire pas ! C'est pour prendre tes empreintes. Tu verras, ce ne sera pas long.

Tu fais ce que Phoebe Hallway te demande, même si tu trouves ça un peu bizarre. Finalement, la drôle de table te libère. La spécialiste des armes ne parle pas mais s'affaire sur un petit écran transparent. Au bout d'un instant, elle lève la tête vers toi.

– Je prépare ton poing d'argent, comme on l'appelle ici. C'est un mécanisme de haute technologie qui décuplera ta force lorsque tu l'enfileras. Tu pourras aussi utiliser son laser et son mini-lance-flamme. Attention, lis bien la notice avant de t'en servir.

Une imprimante 3D se met en route dans un coin de la pièce.

– Voilà, c'est en cours. En attendant, familiarise-toi avec ton smartphone suisse. C'est un peu comme un couteau suisse, mais en smartphone... GPS à système d'urgence, parachute et airbags intégrés, alarme antivampire et antimoustique, radar, mini-bombes chewing-gum, laboratoire de poche, communication interstellaire... Bref, il a tout pour lui, même un coupe-ongle.

Elle te tend un téléphone qui ressemble étrangement au tien, sauf qu'il a un discret logo de l'Agence à la place de ta marque américaine. Mais quelque chose te chiffonne.

– Une alarme antivampire, vraiment ?

– Ne pose pas de question, c'est mieux pour l'instant... Tu peux le tester. Tous les réseaux sociaux sont dessus, ainsi que le jeu Tetris, si tu t'ennuies pendant tes missions.

Tu déverrouilles le smartphone suisse pour découvrir son interface super-moderne. C'est vrai qu'il y a tout sur ce téléphone, même si le nom des applications te fait un peu froid dans le dos. « Bombes », « Alarmes », « Urgence », « Sauvetage », « Agent corrompu »…

– Voilà, ton poing d'argent est prêt. Tu veux l'essayer ?

Tu acquiesces et Phoebe Hallway récupère dans l'imprimante 3D un petit objet qu'elle te tend. C'est un simple anneau en métal argenté, assez large et plutôt élégant.

– Vas-y, enfile-le !

Tu le places à ton annulaire droit. Rien ne se passe, et tu es presque déçu.

– Il fonctionne avec l'empreinte de ton index gauche. Pose ton doigt sur le métal.

Tu t'exécutes, et aussitôt, une nuée de métal se déploie autour de ta main et de chacun de tes doigts dans un *cling-cling*.

– Tu aimes ? C'est mon gadget préféré ! Vas-y, tape ce mur !

Elle te montre un mur en brique installé en plein milieu du laboratoire. Tu t'approches et comprends que tu dois envoyer ton poing dedans. Bon, quand faut y aller, faut y aller… Tu prends ton élan et plonges ta main à l'intérieur de la brique, qui explose en mille morceaux.

– Ouah ! t'exclames-tu.

– Efficace, n'est-ce pas ? Les nanoparticules à l'intérieur du métal amplifient ta force et la chaleur de ton corps. Tu deviens un véritable surhomme ! Enfin, seulement ta main, parce qu'une armure serait trop lourde, mais tu m'as comprise. Pour faire rentrer le poing dans l'anneau, il te suffit de toucher la paume de ta main droite avec ta main gauche.

Tu t'exécutes. Tu as l'air d'un chevalier de Katsa, dans cette position ! Le gant en métal se rétracte et tu te retrouves juste avec l'anneau autour de ton annulaire.

– C'est génial !

– Je savais que ça te plairait ! Tiens, enfile ça.

Elle pose sur ton nez des lunettes de soleil dignes de celles d'un pilote de chasse.

– Lunettes à vision nocturne, infrarouge, ultraviolet, et avec notre logiciel intelligent Emma intégré.

– Emma ?

– Oui, c'est le nom que nous lui donnons. C'est moi qui l'ai programmé. Il te sortira de plein de mauvaises passes, crois-moi, et il est aussi connecté à ton téléphone. Parle-lui, pour voir.

– Heu... bonjour, Emma ?

– Bonjour, Lukas. Bienvenue à l'Agence. Nous sommes ravis de vous accueillir ! Mme Blake vous attend sur le quai de départ 8-B3. Laissez-moi vous y conduire.

La voix métallique résonne dans tes oreilles. Elle n'est pas désagréable. Tu te tournes vers Phoebe Hallway, l'air interrogateur.

– Ne fais pas attendre la directrice, déclare-t-elle. J'en ai fini avec toi. Lis bien les notices dans l'avion, sinon tu risques de te blesser avec un de nos gadgets !

Elle te fourre dans les bras trois classeurs bien lourds qui montent presque jusqu'à tes yeux.

– Quoi, c'est ça les notices ?!

– Tu t'attendais à quoi ? Je te rappelle que tu as des mini-bombes et des lasers entre les mains, du haut de tes douze ans ! Allez, bon courage, Lukas. J'espère que tu ramèneras Julia saine et sauve ici...

Rendez-vous au **23**.

15

Oups ! Tu t'es trompé, le KGB est une agence de renseignement russe !

Retourne au **10** *et recommence !*

15 bis

Oups ! Tu t'es trompé, le KGB est une agence de renseignement russe !

Retourne au 13 et recommence !

16

Angelica Blake et Naveen s'élancent dans les couloirs de l'Agence, tu peines à tenir la cadence derrière eux. Elle ne plaisantait pas, vous n'avez pas une minute à perdre. Vous enfilez des couloirs éclairés de néons jaune fluo et croisez tout un tas d'agents, tantôt en blouse blanche, tantôt en costume-cravate. Tous saluent Angelica Blake d'un coup de tête crispé. Vous débouchez dans un grand labo où des scientifiques testent de drôles d'armes et des engins tout droit sortis d'un film de science-fiction. Heureusement, Naveen se tourne vers toi pour te donner quelques explications.

– Ici, c'est le « laboratoire des possibles ». Notre équipe scientifique teste les futurs gadgets qui nous serviront sur le terrain, et nous sauveront peut-être la vie.

Alors qu'il prononce cette phrase, tu manques de recevoir un projectile en pleine tête ! Le scientifique qui l'a lancé s'excuse, mais tu es à présent entouré d'un nuage violet. Tu toussotes, te rendant compte que l'air a pris une désagréable odeur de… crotte de nez ? Naveen te tire le bras pour t'attirer hors de la pièce.

– Prototype de bombe dispersante à la crotte de nez.

Il continue sa route comme si tout ceci était totalement normal. Finalement, Angelica Blake ouvre une porte et vous vous retrouvez tous les trois dans une petite pièce toute blanche du sol au plafond.

Au milieu, il y a un drôle de fauteuil moelleux avec des sangles sur des accoudoirs bizarres et un énorme casque accroché à son dossier. Tu as un mouvement de recul quand Angelica Blake et Naveen se tournent vers toi alors que la porte se ferme.

– Heu... Attendez... Vous ne voulez quand même pas que je...

– Voici l'accelerotron, te coupe Angelica Blake avec enthousiasme. Une machine révolutionnaire qui nous permet de former nos agents en seulement trois jours ! Grâce à elle, ils deviennent des professionnels du combat, de la science, des langues et de l'histoire en quelques heures à peine ! Mais pour toi, Lukas, nous n'avons pas trois jours puisque ta sœur est en danger. Il va falloir choisir un seul de nos programmes, malheureusement.

Elle se penche sur la console de commande à droite de la machine et tu t'avances. Elle pianote sur l'écran, avant de te laisser la place.

– Alors, Lukas, lequel vas-tu choisir ?

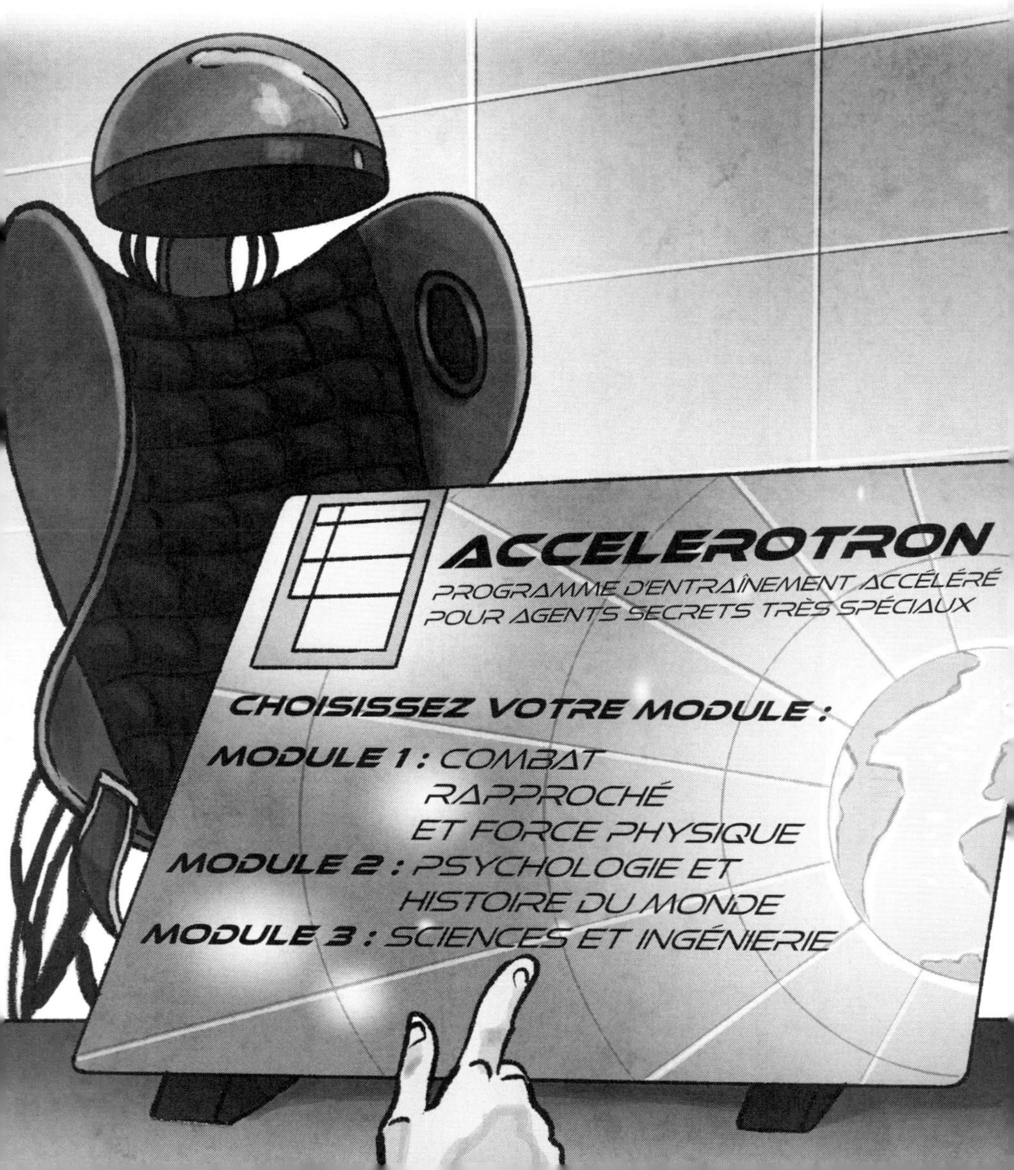

Si tu choisis le module 1, ajoute 2 points sur ta fiche d'aventure et rends-toi en **18**.

Si tu choisis le module 2, ajoute 2 points sur ta fiche d'aventure et rends-toi en **19**.

Si tu choisis le module 3, ajoute 2 points sur ta fiche d'aventure et rends-toi en **20**.

17

L'information que vient de lâcher Angelica Blake te fait l'effet d'une bombe. Julia, disparue ? Ça expliquerait pourquoi elle n'a pas répondu à ton texto et pourquoi elle ne t'a pas souhaité ton anniversaire… Mais soudain, une idée te traverse l'esprit, et tu te crispes sur le siège, enfonçant tes ongles dans les accoudoirs.

– Vous l'avez enlevée, c'est ça ? Et vous êtes venue me demander une rançon !

Angelica Blake semble choquée, puis elle ne peut s'empêcher de s'esclaffer. Elle se moque de toi, en plus du reste ?

– Pardon, Lukas, pardon... Mais c'était trop... Bien sûr que non, nous ne l'avons pas enlevée ! L'Agence est une organisation secrète qui protège le monde, pas un groupe terroriste ! Et ta sœur travaille pour nous depuis bientôt un an. Elle est l'une de nos agentes les plus efficaces sur le terrain.

Ta sœur, un agent secret ? Non, ce n'est pas possible, elle t'en aurait parlé. Vous partagez tout, tous les deux !

– Vous... vous parlez bien de Julia Pottier ? Petite, brune, les cheveux bouclés, portant des lunettes à double foyer ?

– Oui, Julia Pottier, effectivement. Mais son nom de code est Lumia.

Bien entendu que son nom de code est Lumia... C'est son personnage préféré dans Katsa ! Tu commences à croire Angelica Blake, même si tu as du mal à avaler toutes ces informations.

– Je ne comprends pas. Ma sœur est un agent secret ? Mais c'est une simple lycéenne, elle n'a même pas son bac !

– Nous avons recruté ta sœur il y a un an. Elle a été repérée grâce à sa maîtrise, exceptionnelle pour son âge, des sciences et des mathématiques, ainsi que des sports de combat. Sa couverture était simple à trouver : un lycée prestigieux et son internat à l'autre bout de la France feraient l'affaire.

– Alors, l'internat… c'était du flan ?

– Oui. En réalité, ta sœur a réalisé un entraînement intensif avec nous, puis nous l'avons engagée sur plusieurs missions avec son partenaire, Naveen. New York, New Delhi, Moscou, Melbourne… Elle a été de toutes nos missions les plus périlleuses ces derniers mois.

Pour te le prouver, Angelica Blake dépose sous tes yeux trois photos. On y voit ta sœur dans un costume-cravate impeccable, des lunettes noires sur le nez, en pleine action. Là, dans la savane, coupant des lianes inextricables, ici sur le toit d'un immeuble, montant dans un hélicoptère. Sur la troisième, elle apparaît souriante dans ce qui pourrait être un sous-marin. Tu n'en reviens pas. C'est vrai que Julia est ceinture noire de karaté et qu'elle a fait du judo quand elle était petite, mais quand même... un agent secret ? Tu te ressaisis soudain : le plus grave dans tout ça, c'est qu'elle a disparu !

– Comment a-t-elle disparu ? Pourquoi vous ne l'avez pas protégée ? Ce n'est qu'une adolescente et vous l'avez mise en danger !

– Du calme, Lukas, du calme. Je vais tout t'expliquer. En entrant à l'Agence, ta sœur a prêté serment de défendre l'ordre mondial, au prix de sa vie s'il le faut. C'est le chemin qu'elle a choisi.

Pour prouver ses dires, elle te tend un contrat sur lequel il est écrit, juste avant la signature de ta sœur : « Je reconnais que ma vie appartient à l'Agence et je défendrai l'ordre mondial jusqu'à ma mort. » Au moins, ça a le mérite d'être clair. Tu soupires et te replaces au fond de ton siège, les mains dans la poche ventrale de ton sweat. Angelica Blake reprend.

– Il y a trois semaines, ta sœur a été envoyée sur une mission très périlleuse aux États-Unis, avec son partenaire. Nous soupçonnions un excentrique milliardaire, Danny Roy, de tramer un plan secret et machiavélique pour prendre le contrôle de la Terre avec l'aide d'une armée de robots.

Elle marque une pause tandis que tes yeux s'arrondissent. Une armée de robots, rien que ça !

– Après plusieurs semaines d'enquête, Naveen et Julia étaient sur une piste vraiment intéressante, dans la Sierra Nevada, à l'est de la Californie. Mais hier, leur mission a dérapé. Nous avons pu récupérer Naveen, en état de choc, mais ta sœur a disparu.

Tu déglutis, la gorge encombrée d'une boule d'angoisse. Tu ne veux surtout pas penser au pire...

– Vous devez retrouver ma sœur au plus vite ! Je ne comprends même pas pourquoi vous êtes là, à me parler ! Envoyez tous vos agents sur cette mission et récupérez ma sœur !

– C'est impossible. La mission est déjà compromise, et nous n'avons pas tous les éléments en main. Lukas, nous avons besoin de toi. Ta sœur détient des informations qu'elle est la seule à avoir. Et la connaissant, elle les a cryptées.

Ça ressemble effectivement bien à ta sœur, mais tu ne vois pas trop ce que tu peux faire pour aider l'Agence...

– D'accord, mais moi, qu'est-ce que je fais là ?

Angelica Blake s'affale dans son siège en te fixant sévèrement.

– Nous avons toutes les raisons de penser que ta sœur se sentait en danger bien avant son enlèvement, et qu'elle t'a envoyé un objet contenant des informations secrètes. Une sorte de sauvegarde de secours, au cas où les choses tourneraient mal.

Tu ouvres grand la bouche, ta mâchoire prête à tomber par terre. Lentement, tu ouvres ton sac de cours et en extrais le classeur contenant toute la collection de cartes Katsa de ta sœur. La directrice de l'Agence te sourit de toutes ses dents.

– Voilà exactement ce que nous cherchions !

Rendez-vous au 11.

18

– **Je vais choisir le module 1,** combat rapproché et force physique.

Naveen acquiesce alors qu'Angelica Blake te fait signe de t'installer dans le fauteuil. Tu es un peu angoissé, mais si tu veux sauver ta sœur, tu n'as pas vraiment le choix.

– Est-ce que c'est douloureux ? demandes-tu alors que la directrice attache les sangles autour de tes poignets.

– Ça va picoter le nez, les orteils et la langue, répond Naveen. Rien d'insurmontable, ne t'inquiète pas. Tu auras peut-être envie de vomir à un moment, retiens-toi !

Tu ne sais pas trop si tu es rassuré ou pas par cette réponse. Angelica Blake cale ton crâne contre le dossier du siège et vient ajuster le drôle de casque sur ton front. Des lunettes se déploient devant tes yeux.

– Regarde droit devant toi pendant toute l'expérience, précise la directrice. Sinon, tu risques de t'évanouir.

Bon, d'accord, là tu n'es vraiment pas rassuré.

– Tu es prêt ? C'est parti !

Angelica Blake actionne un levier et voilà que le siège se met à vibrer. Un bruit strident retentit dans tes oreilles et les lunettes s'allument, comme si un écran de cinéma apparaissait devant toi. Au bout de quelques secondes, des images de boxe, de karaté, de krav maga et de judo défilent à toute vitesse sous tes yeux. Une musique bruyante et explosive s'infiltre dans ta tête, tu sens les premiers picotements dans tout ton crâne et tes muscles se contractent, mais tu n'es pas au bout de tes surprises. Pendant de longues minutes, qui se transforment en heures, tu es secoué dans tous les sens par tes propres réflexes nerveux. Les images te piquent les yeux, mais tu n'arrives pas à les fermer. Tes poings se serrent, mais c'est comme si tu flottais dans une autre dimension. Tu ne penses plus à rien, juste à ce que tu vois devant toi et aux sensations dans ton corps et dans ton cerveau. Enfin, tout ralentit. Tu as très chaud et ton corps se relâche d'un coup : tes bras pendent sur les accoudoirs et ta tête se détend contre la paroi en métal du casque. Tu as l'impression que tu vas tomber en avant et ne jamais te relever.

– Lukas ? Lukas, tu m'entends ?

Tu es brusquement ramené à la réalité par la voix d'Angelica Blake. Elle te détache et te soutient pour t'aider à te relever.

– C'est normal que tu te sentes si mal, annonce-t-elle. Cet entraînement est extrêmement intensif. Nous allons te conduire à tes appartements. Un bon repas, un bain bien chaud et au lit ! Demain matin à la première heure, tu seras prêt à partir en mission pour sauver ta sœur !

Tu n'arrives pas à lui répondre ; tu te contentes de hocher la tête.

Rendez-vous au 21.

19

– **Je vais choisir le module 2,** psychologie et histoire du monde.

Naveen acquiesce alors qu'Angelica Blake te fait signe de t'installer dans le fauteuil. Tu es un peu angoissé, mais si tu veux sauver ta sœur, tu n'as pas vraiment le choix.

– Est-ce que c'est douloureux ? demandes-tu alors que la directrice attache les sangles autour de tes poignets.

– Ça va picoter le nez, les orteils et la langue, répond Naveen. Rien d'insurmontable. Tu auras peut-être envie de vomir à un moment, retiens-toi !

Tu ne sais pas trop si tu es rassuré ou pas par cette réponse. Angelica Blake cale ton crâne contre le dossier du siège et vient ajuster le drôle de casque sur ton front. Des lunettes se déploient devant tes yeux.

– Regarde droit devant toi pendant toute l'expérience, précise la directrice. Sinon, tu risques de t'évanouir.

Bon, d'accord, là tu n'es vraiment pas rassuré.

– Tu es prêt ? C'est parti !

Angelica Blake actionne un levier, et voilà que le siège se met à vibrer. Un bruit strident retentit dans tes oreilles et les lunettes s'allument, comme si un écran de cinéma apparaissait devant toi. Au bout de quelques secondes, des images d'expériences psychologiques, d'événements historiques, des tableaux de statistiques défilent à toute vitesse sous tes yeux. Une musique bruyante et envoûtante s'infiltre dans ta tête, tu sens les premiers picotements dans tout ton crâne et tes muscles se contractent, mais tu n'es pas au bout de tes surprises. Pendant de longues minutes, qui se transforment en heures, tu es secoué dans tous les sens par tes propres réflexes nerveux. Les images te piquent les yeux, mais tu n'arrives pas à les fermer. Tes poings se serrent, mais c'est comme si tu flottais dans une autre dimension. Tu ne penses plus à rien, juste à ce que tu vois devant toi et aux sensations dans ton corps et dans ton cerveau. Enfin, tout ralentit. Tu as très chaud et ton corps se relâche d'un coup : tes bras pendent sur les accoudoirs et ta tête se détend contre la paroi en métal du casque. Tu as l'impression que tu vas tomber en avant et ne jamais te relever.

– Lukas ? Lukas, tu m'entends ?

Tu es brusquement ramené à la réalité par la voix d'Angelica Blake. Elle te détache et te soutient pour t'aider à te relever.

– C'est normal que tu te sentes si mal, annonce-t-elle. Cet entraînement est extrêmement intensif. Nous allons te conduire à tes appartements. Un bon repas, un bain bien chaud et au lit ! Demain matin à la première heure, tu seras prêt à partir en mission pour sauver ta sœur !

Tu n'arrives pas à lui répondre ; tu te contentes de hocher la tête.

Rendez-vous au 21.

20

– **Je vais choisir le module 3,** sciences et ingénierie.

Naveen acquiesce alors qu'Angelica Blake te fait signe de t'installer dans le fauteuil. Tu es un peu angoissé, mais tu n'as pas vraiment le choix si tu veux sauver ta sœur.

– Est-ce que c'est douloureux ? demandes-tu alors que la directrice attache les sangles autour de tes poignets.

– Ça va picoter le nez, les orteils et la langue, répond Naveen. Rien d'insurmontable. Tu auras peut-être envie de vomir à un moment, retiens-toi !

Tu ne sais pas trop si tu es rassuré ou pas par cette réponse. Angelica Blake cale ton crâne contre le dossier du siège et vient ajuster le drôle de casque sur ton front. Des lunettes se déploient devant tes yeux.

– Regarde droit devant toi pendant toute l'expérience, précise la directrice. Sinon, tu risques de t'évanouir.

Bon, d'accord, là tu n'es vraiment pas rassuré.

– Tu es prêt ? C'est parti !

Angelica Blake actionne un levier, et voilà que le siège se met à vibrer. Un bruit strident retentit dans tes oreilles et les lunettes s'allument, comme si un écran de cinéma apparaissait devant toi. Au bout de quelques secondes, des images d'expériences scientifiques, de big bang, des tableaux chimiques et des décollages de fusée défilent à toute vitesse sous tes yeux. Une musique bruyante et entraînante s'infiltre dans ta tête, tu sens les premiers picotements dans tout ton crâne et tes muscles se contractent, mais tu n'es pas au bout de tes surprises. Pendant de longues minutes, qui se transforment en heures, tu es secoué dans tous les sens par tes propres réflexes nerveux. Les images te piquent les yeux, mais tu n'arrives pas à les fermer. Tes poings se serrent, mais c'est comme si tu flottais dans une autre dimension. Tu ne penses plus à rien, juste à ce que tu vois devant toi et aux sensations dans ton corps et dans ton cerveau. Enfin, tout ralentit. Tu as très chaud et ton corps se relâche d'un coup : tes bras pendent sur les accoudoirs et ta tête se détend contre la paroi en métal du casque. Tu as l'impression que tu vas tomber en avant et ne jamais te relever.

– Lukas ? Lukas, tu m'entends ?

Tu es brusquement ramené à la réalité par la voix d'Angelica Blake. Elle te détache et te soutient pour t'aider à te relever.

– C'est normal que tu te sentes si mal, annonce-t-elle. Cet entraînement est extrêmement intensif. Nous allons te conduire à tes appartements. Un bon repas, un bain bien chaud et au lit ! Demain matin à la première heure, tu seras prêt à partir en mission pour sauver ta sœur !

Tu n'arrives pas à lui répondre ; tu te contentes de hocher la tête.

Rendez-vous au 21.

21

Tu te réveilles au son d'une alarme stridente. Ça ne vient pas de ton téléphone mais du réveil hi-tech aux chiffres vert fluo posé sur la table de nuit. Tu as dormi d'une traite, cette nuit, juste après un bon bain et le repas servi par l'Agence. Tu allumes la lampe de chevet et redécouvres la vaste chambre entièrement blanche dans laquelle tu as dormi, et ce lit immense, bien plus grand que celui de tes parents ! Il est cinq heures du matin et tu aurais bien continué ta nuit, mais le sauvetage de Julia ne peut pas attendre plus longtemps. Aussi, tu sors de la couette et enfiles les chaussons blancs posés au pied du lit. Tout d'un coup, le réveil projette devant toi des mots dans l'air et une voix retentit dans un haut-parleur. Le lettrage se transforme en un portrait holographique bleu d'Angelica Blake.

– Bonjour, Lukas, fait sa voix. J'espère que tu as bien dormi ! Nous t'attendons dans quinze minutes en salle d'armement. Ton petit déjeuner est sur la table, ton uniforme et ta brosse à dents dans la salle de bains. Voici le plan pour te rendre à la salle d'armement.

Son visage disparaît, remplacé par un plan des couloirs de l'Agence. Tu le mémorises avant de t'attaquer à ton petit déjeuner. Tu t'installes sur la chaise et soulèves la cloche. Des muffins encore chauds t'attendent, avec du beurre et de la confiture de fraises bien rouge, ainsi qu'un grand verre de jus de fruits. Tu salives rien que de sentir la bonne odeur de ce repas. Ton ventre gargouille, alors tu engloutis tout d'une traite. À l'autre bout de la table, il y a le dossier que Naveen et Angelica Blake t'ont montré hier. Avec tes nouvelles capacités acquises grâce à l'accelerotron, tu te sens bien plus capable de remplir ta mission. Tu en es sûr, tu vas sauver ta sœur !

Tu te diriges vers la salle de bains et te brosses les dents avant de passer de l'eau sur ton visage.

21

Tu enfiles le costume que l'Agence a laissé pour toi. Il est bien à ta taille mais tu n'as jamais porté ce genre d'affaires. À ta grande surprise, les chaussures noires sont en fait des baskets, et le pantalon est très élastique. Ce sera bien pratique pour courir. Tu mets ta cravate comme tu peux, tu n'en as jamais porté auparavant. Puis tu sors de la chambre et te diriges vers la salle d'armement.

Mais comment t'y rendre ? Beaucoup de couleurs ont été citées dans ce paragraphe. Compte-les et ajoute 8 pour savoir où aller !

22

Quatre heures et trente minutes plus tard, tu as terminé de lire toutes les notices et tu t'attaques maintenant au classeur des cartes Katsa de ta sœur. Vous survolez l'Amérique depuis une bonne heure, tu as même aperçu New York ! Vous avez mangé un repas digne d'un film américain justement : un gros hamburger et des frites au ketchup. Tu pourrais bien t'habituer à la vie d'agent secret si elle consiste à prendre des bains, à voyager en jet privé, à bien manger et à dormir dans de grands lits moelleux.

– Tu as trouvé quelque chose ? te demande Naveen.

– Non, rien... Je n'arrive pas à déchiffrer quoi que ce soit.

22

Tu retournes le classeur dans tous les sens, tu as même inspecté chaque carte avec tes lunettes à ultraviolets. Il n'y a rien dessus, à part quelques entailles dans les pochettes en plastique. Tu n'y comprends rien. À la fin du classeur, un espace est vide, mais toutes les cartes Katsa sont bien là, tu les connais par cœur et tu les as comptées. Le mystère reste entier. Tu n'es vraiment pas sûr que ta sœur ait voulu te dire quoi que ce soit avec ce cadeau, d'ailleurs. Tu espères simplement qu'une fois arrivé dans le Nevada, tu pourras la retrouver.

– Oh ! je crois qu'on va atterrir, annonce Naveen.

Tu ranges tous les classeurs dans ta mallette, qui est à présent blindée de documents, et tu te rassois au fond de ton siège, ta ceinture bien attachée.

Rendez-vous au 25.

23

Guidé par Emma, tu arrives sur la plateforme de décollage de l'aérodrome, et tu n'en crois pas tes yeux. Si tu avais l'impression d'être dans un film de James Bond, là, on passe au niveau supérieur. Le hangar renferme une ribambelle d'avions noir mat, ressemblant à ceux des Avengers ou des X-Men. Tu as pris un ascenseur pour monter jusqu'au quai 8-B3, et tu aperçois l'extérieur, au loin. Alors tu vas vraiment décoller dans l'un de ces avions ?

Tu aperçois Angelica Blake et Naveen. Les deux te saluent chaleureusement.

– Prêt pour le départ ? te demande Naveen.

Tu acquiesces, mais tu es toujours très encombré par les classeurs de notices que Phoebe Hallway t'a remis tout à l'heure. Le jeune homme le remarque et t'en débarrasse avec un grand sourire. Il les porte comme s'ils étaient aussi légers qu'une feuille de papier. Vraiment, tu comprendrais que ta sœur ait craqué pour lui. Enfin, tu n'es même pas sûr que ce soit son genre... Est-ce que tu la connais vraiment, au final ? Elle t'a caché toute sa vie secrète !

– Lukas ? Tu es en train de rêvasser ?

Tu es tiré de tes pensées par la voix d'Angelica Blake. Elle te tend une mallette noire.

– J'ai glissé à l'intérieur le classeur crypté que ta sœur t'a offert. J'espère que vous allez réussir à résoudre cette énigme afin de la retrouver ! Naveen et toi allez rejoindre la branche américaine de l'Agence près de Las Vegas, mais si vous pouviez résoudre cette énigme avant, nous gagnerions un temps précieux ! Je te laisse monter dans l'avion avec Naveen, vous serez à Las Vegas dans cinq heures. Bonne chance, Lukas !

De petits escaliers se déploient le long de l'avion et Naveen les monte. Tu le suis, non sans un peu d'angoisse. Mais une fois à l'intérieur, celle-ci s'évanouit. Ton coéquipier est déjà installé dans un moelleux fauteuil beige. On se croirait dans l'avion du président des États-Unis ! Naveen dépose tes classeurs sur une petite table et te fait signe de t'installer sur un autre fauteuil beige.

– On va décoller, accroche ta ceinture.

Et le jeune homme ne ment pas ! À peine la porte de l'appareil s'est-elle refermée que vous commencez à rouler. Tu n'as pas beaucoup pris l'avion dans ta vie, et encore moins un engin aussi petit et technologique ! Tu accroches bien ta ceinture et te cramponnes aux accoudoirs de ton siège alors que vous décollez. Tu te laisses griser par la montée et par le paysage qui défile et s'éloigne derrière le hublot. Enfin, vous vous stabilisez à l'horizontale au-dessus des nuages. Naveen tapote le classeur posé devant toi.

– Allez, petit, ne perds pas de temps, au boulot ! Je t'assure qu'il vaut mieux que tu apprennes ces notices par cœur, crois-en mon expérience… Je te sers quelque chose ? Coca, jus d'orange, grenadine ?

– Heu… Un jus d'orange, oui, merci.

Le jeune homme se lève et rejoint le minibar luxueux à l'avant de l'avion. Il fait couler le liquide couleur d'or dans un gobelet en plastique. Toi, tu as ouvert le premier classeur, celui du poing d'argent, à la première page. Mais une turbulence se fait ressentir et Naveen s'étale sur la table, renversant le jus d'orange sur le classeur.

– Oh non ! Je suis désolé !

Tu attrapes immédiatement un mouchoir en papier pour éponger ce qui peut l'être, mais c'est déjà trop tard, on dirait : des mots entiers ont disparu. Il va falloir que tu déchiffres tout ça...

Le poing d'argent – NOTICE

Cet appareil technologique de douzième génération

équipe tous les agents de l'Agence dès 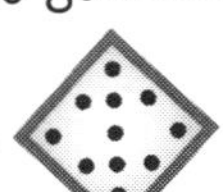 ans.

Il n'en reste pas moins une arme de classe trois

à manipuler avec précaution.

Précautions d'emploi :

Ne pas chauffer à une température supérieure à 42 °C.

Ne pas approcher d'une  .

Ne peut être utilisé que par la personne possédant les  d'après lesquelles il a été conçu. Risques de graves blessures s'il est utilisé par une autre personne.

Ne pas utiliser le poing d'argent pour briser des  de plus de 50 cm d'épaisseur.

Ne peut pas s'utiliser sous l'  ou à plus de 1 000 m d'altitude.

L'utilisateur est seul responsable des dégâts et dommages engendrés sur la propriété d'autrui.

L'Agence ne peut être tenue responsable et ne devra rien rembourser des dégâts.

Le  du  d'argent doit suivre un entraînement rigoureux auprès de l'Agence avant de s'en servir, sous peine de risques de blessures.

Quand tu as déchiffré la notice, rendez-vous au **22**.

24

Tu es un peu intimidé, mais tu avances dans la pièce. À ta grande surprise, adolescents et adultes sont mélangés. À l'Agence, tout le monde semble avoir sa place dans le processus de décisions, quel que soit son âge.

Ils t'attendent tous autour de cette grande table, comme si tu allais leur donner la clé des secrets de l'univers. Naveen te pousse légèrement en avant, encourageant. Tu déploies le contenu de ta mallette devant toi. Tu te concentres sur le dossier de la disparition de ta sœur et sur la collection de cartes de Katsa.

– Je... Je suis le petit frère de Julia Pottier. Pardon, de l'agent Lumia. J'ai été recruté par l'Agence pour la retrouver.

Le directeur prend la parole à ta suite :

– Et vous connaissez tous Naveen, le coéquipier de Julia. Ensemble nous allons reprendre ce dossier et tenter d'y voir plus clair.

Il actionne une télécommande et l'écran derrière lui affiche une photo de ta sœur. Il continue alors son discours, récapitulant tous les éléments de l'enquête.

– Julia Pottier, dix-sept ans, agente bien connue sous le nom de Lumia, a malheureusement disparu avant-hier. Il y a trois semaines, elle a été envoyée en mission sur notre territoire avec son partenaire, Naveen. Comme vous le savez, le milliardaire Danny Roy est dans notre ligne de mire depuis plusieurs mois. Nous le soupçonnons d'avoir monté une armée de robots pour prendre le contrôle de la Terre. Il a été repéré dans plusieurs casinos de Las Vegas ces dernières semaines. Il entre, s'assoit à certaines tables, mais ne joue jamais. Nous pensons qu'il fait du repérage.

À l'écran, des photos de vidéosurveilance du milliardaire apparaissent, et Bill Mc Cain reprend son exposé.

– Naveen et Julia étaient sur une piste vraiment intéressante, dans la Sierra Nevada, à cinquante-deux kilomètres d'ici. Mais avant-hier, comme vous l'avez compris, leur mission a dérapé. Naveen a été rapatrié ici par les agentes Krone et Weasley ici présentes.

Deux filles à peine plus âgées que ta sœur lèvent la main.

– Cela signifie que plusieurs agents sont compromis dans cette mission. Danny Roy n'a pas encore été réellement localisé, et nous sommes dans une impasse. Naveen, pouvez-vous nous donner des détails supplémentaires ?

Le jeune homme s'approche du directeur. Pour la première fois, tu vois un regard sérieux et dur sur son visage quand il se met à parler.

– Notre enquête nous avait menés jusqu'à une station-service perdue dans le désert. Nous venions d'atterrir en toute discrétion, d'entrer dans la boutique quand… nous avons été attaqués.

– Attaqués par quoi ? ne peux-tu t'empêcher de demander.

Naveen soupire et le directeur actionne la télécommande. De nouvelles photos de vidéosurveillance apparaissent, cette fois-ci de la station-service. Tu y vois un énorme robot qui se faufile à l'intérieur du magasin. Ton sang se glace en apercevant l'image de Naveen au sol, pendant que ta sœur se débat dans les mains robotiques du géant.

– C'est là que j'ai perdu conscience, perdu sa trace. La caméra de surveillance a certainement été déconnectée et je me suis réveillé plusieurs heures plus tard dans le désert, à des kilomètres de là. Heureusement, mon smartphone suisse fonctionnait encore, mais... aucune trace de Julia.

Tout le monde reste silencieux dans la pièce. Tu fais pivoter le classeur de cartes et le dossier devant toi, comme si la solution allait miraculeusement apparaître sous tes yeux. Mais rien n'y fait ; tout ceci reste un mystère. Au bout d'un moment, le directeur reprend la parole.

– Je propose que Naveen et Lukas retournent sur le lieu de l'attaque. Il y aura sûrement des choses à en tirer, une piste à suivre... Naveen, tu t'en sens capable ?

Le jeune homme déglutit avec peine, mais il accepte. Pour toi, c'est un bon point de départ, même si tu as peur de ne rien trouver là-bas.

– Alors c'est parfait, conclut le directeur. Lukas, je crois que tu as été correctement équipé en France ? Vous pouvez partir dès maintenant. Je vous laisse le choix du véhicule... Hélicoptère ou voiture de course ?

Tu interroges Naveen du regard,
mais il te fait signe de choisir pour vous deux.
Alors, quel va être ton choix ?

Si tu choisis l'hélicoptère, rendez-vous au **29**.

Si tu choisis la voiture de course, rendez-vous au **32**.

25

Vous amorcez votre descente sur une piste d'atterrissage située en plein milieu du désert. On dirait qu'il n'y a rien autour, mais quand l'avion s'immobilise, Naveen te fait signe de regarder par le hublot.

Le sol devant vous se met à trembler, et tout un pan de sable et de pierres beiges se soulève, découvrant un gigantesque bâtiment. Tu n'en crois pas tes yeux : d'énormes baies vitrées apparaissent devant toi.

Quand le bâtiment arrête enfin de sortir de terre, tu vois quelqu'un par la grande porte en verre. Il est loin, tu ne le distingue pas bien, mais on dirait qu'il est habillé comme un véritable cow-boy américain.

– Allez, Lukas, on descend.

25

Tu suis Naveen avec une pointe d'excitation. Tu n'as jamais mis les pieds en Amérique ! Et te voilà en plein milieu du désert du Nevada !

Hors de l'avion, la chaleur ambiante t'accable. Tu portes ta mallette contre toi en t'avançant vers l'inconnu, les yeux plissés.

L'homme d'une cinquantaine d'années te sourit de toutes ses dents blanches à travers sa grosse barbe. Il te serre la main vigoureusement.

– Bienvenue, Lukas ! Nous sommes ravis de vous accueillir à l'Agence américaine ! Je suis Bill Mc Cain, le directeur.

Il parle avec un léger accent américain, mais son français est quasi parfait. Tu aimerais parler anglais comme ça... Tu devrais peut-être lui demander des conseils pour tes cours ?

Non, ce n'est pas le moment. Tu es là pour retrouver ta sœur.

– Enchanté, monsieur Mc Cain, réponds-tu. Merci de nous accueillir. Nous n'avons pas de temps à perdre, ma sœur, Julia, a disparu !

– Oui, oui, bien sûr ! Suivez-moi, nous allons nous mettre tout de suite au travail. Naveen, tu t'es remis de ta blessure ?

Le jeune homme a l'air un peu gêné et s'éclaircit la gorge.

– Oui, je vais bien mieux, merci. Votre infirmier a fait des miracles.

– Vous m'en voyez ravi !

Vous entrez dans le bâtiment et tu découvres une nouvelle Agence. Ici, le rustique et le moderne se partagent l'affiche ; rien à voir avec l'ambiance souterraine et technologique de l'Agence européenne.

Le directeur vous emmène dans une grande salle où plusieurs personnes vous attendent autour d'une belle table en bois brut.

– Je vous présente notre cellule d'experts. Ensemble, nous allons travailler sur cette affaire, rassembler tous les éléments que nous avons et retrouver votre sœur !

Pour savoir où te rendre à présent, tu dois répondre à cette question :

Pour quoi est connue la ville de Las Vegas aux États-Unis ?

Si tu penses que c'est pour ses casinos, rends-toi en 24.

Si tu penses que c'est pour l'industrie du cinéma, rends-toi en 27.

Si tu penses que c'est pour sa technologie, rends-toi en 28.

26

L'intérieur de la station-service ressemble à celui de n'importe quelle station-service française. Il y a quelques rangées de bonbons, des produits automobiles, un distributeur de café, des donuts emballés dans beaucoup trop de plastique... La caissière mâche un chewing-gum derrière sa caisse en vous regardant d'un air dédaigneux. Tu examines l'endroit en faisant mine de chercher un soda dans un grand réfrigérateur. Si tu n'avais pas vu les images de la vidéosurveillance, tu aurais du mal à imaginer que l'attaque d'un robot géant a eu lieu ici même deux jours plus tôt. Tu avances vers le fond de la boutique et remarques un écriteau jaune « sol mouillé ». Tu le pousses un peu avec ton pied pour découvrir que le carrelage ici est enfoncé, comme si un poing

puissant avait frappé dedans. Le robot géant ? Tu lèves les yeux vers le plafond pour y découvrir une trace de laser longue d'au moins vingt centimètres. Il n'y a pas de doute, c'est là que ta sœur a été enlevée ! Tu jettes un coup d'œil en arrière : Naveen est en grande discussion avec la caissière, dans un anglais impeccable. Tu décides de poursuivre l'inspection du lieu où a disparu Julia.

Tu t'accroupis devant la trace au sol. Juste à côté, il y a un présentoir de M&M's, tes bonbons préférés ! Quelle ironie... Il y a même une rangée de M&M's au beurre de cacahuète, ceux que tu adores ! Julia t'en offre toujours un paquet à Noël.

Soudain, tu as comme une révélation. Tu plonges ta main derrière les paquets de bonbons. Il y a quelque chose... un bout de papier cartonné. Tu l'attrapes, et à ta grande surprise, tu découvres une carte de Katsa... Et pas n'importe laquelle ! Mais bien sûr, c'est la version collector argent de Lord Arsael ! Comment as-tu pu l'oublier ! C'est un indice, c'est sûr ! Ta sœur n'aurait pas laissé ça précisément ici pour quelqu'un d'autre que toi. Ça ne peut pas être une coïncidence !

Tu te tournes vers la caisse pour annoncer la bonne nouvelle à Naveen.

– Naveen ! Regarde ce que je…

Tu es coupé dans ta phrase quand tu aperçois quelque chose d'étrange derrière lui. En fait, la tête de la caissière est… montée jusqu'au plafond ! Naveen se déplace, tu vois maintenant le corps entier de la dame… Ou plutôt du robot ! Des tentacules d'acier ont remplacé ses bras et ont déchiré sa robe aux couleurs de la station-service.

– Cours, Lukas, cours !

Le jeune homme t'empoigne et vous vous réfugiez dans les toilettes. Il a à peine le temps d'ouvrir la fenêtre que la porte des sanitaires explose en mille morceaux. Ta mallette toujours dans la main, la carte de Katsa dans l'autre, tu te précipites à la suite de l'agent secret, qui détale comme un lapin vers votre véhicule.

Si tu es arrivé avec l'hélicoptère, rendez-vous au 31.

Si tu es arrivé avec la voiture de course, rendez-vous au 33.

27

Oups ! Ce n’est pas la bonne réponse !

*Retourne au paragraphe **25**.*

28

Oups ! Ce n’est pas la bonne réponse !

*Retourne au paragraphe **25**.*

29

Le directeur vous escorte Naveen et toi jusqu'à un hangar rempli de véhicules en tout genre, du jet privé à la jeep, en passant par un mini-sous-marin et des trottinettes électriques. Le toit tout en verre s'ouvre comme le velux de ta chambre, sauf qu'ici, c'est pour laisser décoller des avions et des hélicoptères. Vous vous avancez d'ailleurs vers l'un d'entre eux. Naveen s'installe à la place du pilote.

– Tu... Tu sais conduire un hélicoptère ?

– Oui, ça fait partie du programme de deuxième année de formation à l'Agence, répond-il le plus naturellement du monde.

Rassuré, tu t'installes à côté de lui et attaches ta ceinture, serrant ta mallette contre toi. En quelques secondes, vous décollez, sortez du bâtiment, et vous voilà de nouveau au-dessus de la Sierra Nevada. Encore une première fois pour toi : tu n'étais jamais monté dans un hélicoptère ! Naveen est concentré sur sa trajectoire, le désert défile devant toi. En quelques minutes à peine, vous arrivez à proximité de la fameuse station-service. Naveen se pose à une centaine de mètres, près d'un rocher, jouxtant la mythique route 66 qui trace une grande ligne droite d'ici à Las Vegas. Quand il coupe le moteur de l'appareil, tu sautes à terre, ta mallette à la main. Ça y est, tu ne peux plus reculer : l'aventure t'attend, et surtout, tu dois retrouver ta grande sœur. Dans l'hélicoptère, Naveen enfile des lunettes de soleil, une casquette et une fausse moustache. Quand il sort enfin, tu le questionnes du regard.

– Je suis déjà venu, et la dernière fois... ça ne s'est pas trop bien passé. Je préfère rester incognito.

Tu acquiesces et vous avancez sans rien dire jusqu'à la station-service.

Rendez-vous en 26.

30

Oups ! Ce n’est pas la bonne réponse !

> ***Regarde ta fiche d’aventure et retourne au paragraphe d’où tu viens.***

31

Naveen est largement devant toi, pourtant tu cours le plus vite que tu peux ! Mais avec ses grandes jambes et son entraînement, il saute déjà dans l'hélicoptère. Puis tu le vois décoller, alors que la femme robot te rattrape. Ce n'est pas possible, Naveen ne va pas t'abandonner ici ?

Heureusement, l'hélicoptère se rapproche et l'agent secret tire de petits missiles contre la gigantesque femme-robot. Elle les esquive tous. Dans un bruit assourdissant, tu es projeté au sol par une déflagration. Tu rampes pour tenter de te mettre à l'abri derrière une pierre. L'hélicoptère de Naveen continue de bombarder le robot. Il le touche enfin ! Des étincelles jaillissent de son ventre en métal.

Mais, alors que tu crois que c'est terminé, le robot lance un de ses tentacules mécaniques comme un lasso et attrape la queue de l'hélicoptère. Il le fait tournoyer dans les airs et le projette au loin. L'hélicoptère s'écrase dans une gerbe de flammes et de fumée sur une colline. Tu presses tes mains devant ta bouche pour ne pas hurler. Pauvre Naveen !

Tu réalises tout à coup que le robot se rapproche de toi. Elle fait un pas, deux pas, trois pas... Tu fouilles dans ta mallette pour en sortir tes armes et tes gadgets. Pourquoi ne les as-tu pas portés

31

sur toi, au lieu de les ranger ? Tu saisis l'anneau qui te servira à déployer ton poing d'argent, espérant que ça suffira à te protéger. Au même moment, la femme-robot toussote, s'enraye, et tombe raide morte à tes pieds. Naveen aura donc réussi à te sauver...

Les jambes tremblantes, tu te relèves, époussettes la poussière sur ton pantalon et regardes autour de toi. Il n'y a plus un seul bruit. Tu es seul, désormais...

Si tu as au moins 5 tu peux aller en **34**.

Si tu as au moins 5 tu peux aller en **35**.

Si tu as au moins 5 tu peux aller en **36**.

32

Le directeur vous escorte Naveen et toi jusqu'à un hangar rempli de véhicules en tout genre, du jet privé à la jeep, en passant par un mini-sous-marin et des trottinettes électriques. Le toit tout en verre s'ouvre comme le velux de ta chambre, sauf qu'ici, c'est pour laisser décoller des avions et des hélicoptères. Mais toi, tu as choisi de rester au sol, et vous vous avancez vers une magnifique Ferrari à la carrosserie noire. Naveen s'installe à la place du conducteur.

– Tu... Tu sais conduire ?

– Oui, ça fait partie du programme de première année de formation à l'Agence, répond-il le plus naturellement du monde.

Rassuré, tu t'installes à côté de lui, serrant ta mallette contre toi. Tu attaches ta ceinture tandis que le directeur ferme la portière du bolide. Vous vous retrouvez en quelques secondes à l'extérieur du bâtiment. Encore une première fois pour toi : tu n'étais jamais monté dans une telle voiture de toute ta vie. À présent, Naveen est concentré sur sa trajectoire et emprunte la mythique route 66 à vive allure. En quelques minutes, vous arrivez à proximité de la fameuse station-service. Naveen gare le bolide à quelques dizaines de mètres du magasin, derrière un rocher. Quand il coupe le moteur, tu sautes à terre, ta mallette à la main. Ça y est, tu ne peux plus reculer : l'aventure t'attend, et surtout tu dois retrouver ta grande sœur ! Dans la voiture, Naveen enfile des lunettes de soleil, une casquette et une fausse moustache. Quand il sort enfin, tu le questionnes du regard.

– Je suis déjà venu, et la dernière fois… ça ne s'est pas trop bien passé. Je préfère rester incognito.

Tu acquiesces et vous avancez sans rien dire jusqu'à la station-service.

Rendez-vous en 26.

33

Naveen est largement devant toi, pourtant tu cours le plus vite que tu peux ! Mais avec ses grandes jambes et son entraînement, il arrive déjà à la Ferrari. Tu le vois démarrer dans une traînée de poussière, alors que la femme robot te rattrape. Ce n'est pas possible, Naveen ne va pas t'abandonner ici ?

Heureusement, il fait demi-tour et tire de petits missiles tout droit sortis du capot de la voiture contre la gigantesque femme-robot. Elle les esquive tous. Dans un bruit assourdissant, tu es projeté au sol par leur déflagration. Tu rampes pour tenter de te mettre à l'abri derrière une pierre. La voiture de Naveen continue de bombarder le robot. Il la touche enfin ! Des étincelles jaillissent de son ventre en métal.

Mais, alors que tu crois que c'est terminé, le robot lance un de ses tentacules comme un lasso et attrape la voiture. Il la fait tournoyer dans les airs et la projette au loin. La Ferrari s'écrase dans une gerbe de flammes et de fumée sur une colline. Tu presses tes mains devant ta bouche pour ne pas hurler. Pauvre Naveen !

Tu réalises tout à coup que le robot se rapproche de toi. Elle fait un pas, deux pas, trois pas… Tu fouilles dans ta mallette pour en sortir tes armes et tes gadgets. Pourquoi ne les as-tu pas portés sur toi, au lieu de les ranger ? Tu saisis l'anneau qui te servira à déployer ton poing d'argent, espérant que ça suffira à te protéger. Au même moment, la femme-robot toussote, s'enraye, et tombe raide morte à tes pieds. Naveen aura donc réussi à te sauver…

Les jambes tremblantes, tu te relèves, époussettes la poussière sur ton pantalon et regardes autour de toi. Il n'y a plus un seul bruit. Tu es seul, désormais…

Si tu as au moins 5 ⚡ tu peux aller en 34.

Si tu as au moins 5 🍃 tu peux aller en 35.

Si tu as au moins 5 💡 tu peux aller en 36.

34

Tu cours vers la station-service, déployant ton poing d'argent. S'il y a un autre robot, cette fois-ci il verra de quel bois tu te chauffes ! Tu entres dans le magasin, déterminé. Heureusement, il n'y a personne. Pendant votre fuite, une étagère de bonbons s'est renversée par terre dans un fracas de verre et de métal, laissant échapper des billes rondes, sucrées et colorées partout dans la boutique. Tu en profites pour ouvrir un paquet de M&M's et en engloutis le contenu avec une rasade de soda bien américain. Le sucre va te donner de l'énergie pour le reste de la journée. Première étape, alerter l'Agence. Tu déverrouilles ton smartphone suisse et pousses le bouton d'alerte d'urgence. Ils seront là dans quelques minutes pour te récupérer et essayer d'aider Naveen… s'il est encore en vie. Tu n'as plus qu'à attendre, maintenant…

Mais tu as aussi trouvé la carte de ta sœur ! Tu pourrais gagner du temps et commencer à étudier ce mystère. Aussi, tu sors le classeur de ta mallette et le poses sur le comptoir. Tu l'ouvres à la dernière page et glisses la carte Katsa dans la pochette vide.

Tu bondis en arrière quand des lumières commencent à apparaître sur les pages et que le classeur se met à vibrer !

Pas si vite ! Dans quel célèbre film les personnages utilisent-ils des hologrammes pour s'envoyer des messages à distance ?

Si tu penses que c'est dans Pirates des Caraïbes, *note le numéro de ce chapitre sur ta fiche d'aventure et rendez-vous en* **30**.

Si tu penses que c'est dans Black Panther, *note le numéro de ce chapitre sur ta fiche d'aventure et rendez-vous en* **38**.

Si tu penses que c'est dans Star Wars, *note le numéro de ce chapitre sur ta fiche d'aventure et rendez-vous en* **39**.

Au fait, grâce à tes actions,
tu gagnes un point bonus ⚡.
N'oublie pas de l'inscrire
sur ta fiche d'aventure !

35

Tu es un peu en panique, là tout de suite. Tu cours jusqu'à la station-service, la peur au ventre... Peut-être qu'un autre robot va surgir de nulle part, encore ? Heureusement, il n'y a personne. Pendant votre fuite, une étagère de bonbons s'est renversée par terre dans un fracas de verre et de métal, laissant échapper des billes rondes, sucrées et colorées partout dans la boutique. Tu te précipites derrière le comptoir et t'assois par terre, reprenant ton souffle. C'est pas possible, tout ça, c'est un cauchemar ! Tu respires vite, mais tu essayes de te calmer. Soudain, la sonnette de la porte d'entrée retentit. Tu te lèves d'un bond, porté par l'adrénaline. Un Américain en jogging se trouve devant toi, et tu remarques sa voiture garée devant la station-service. Tu baragouines quelques mots d'anglais, lui faisant signe de partir. Confus, l'Américain fait demi-tour. Tu traverses la station-service pour fermer la porte à clé. Bon, il faut que tu reprennes le dessus et que tu te mettes à réfléchir, maintenant !

Première chose, alerter l'Agence. Tu déverrouilles ton smartphone suisse et pousses le bouton d'alerte d'urgence. Ils seront là dans quelques minutes pour te récupérer et essayer d'aider Naveen... s'il est encore en vie. Tu n'as plus qu'à attendre, maintenant...

Mais tu as aussi trouvé la carte de ta sœur ! Tu pourrais gagner du temps et commencer à étudier ce mystère. Aussi, tu sors le classeur de ta mallette et le poses sur le comptoir. Tu l'ouvres à la dernière page et glisses la carte Katsa dans la pochette vide.

Tu bondis en arrière quand des lumières commencent à apparaître sur les pages et que le classeur se met à vibrer !

Pas si vite ! Dans quel célèbre film les personnages utilisent-ils des hologrammes pour s'envoyer des messages à distance ?

Si tu penses que c'est dans Pirates des Caraïbes, *note le numéro de ce chapitre sur ta fiche d'aventure et rendez-vous en* **30**.

Si tu penses que c'est dans Black Panther, *note le numéro de ce chapitre sur ta fiche d'aventure et rendez-vous en* **38**.

Si tu penses que c'est dans Star Wars, *note le numéro de ce chapitre sur ta fiche d'aventure et rendez-vous en* **39**.

Au fait, grâce à tes actions, tu gagnes un point bonus. N'oublie pas de l'inscrire sur ta fiche d'aventure !

36

Ton premier réflexe est de retourner à l'intérieur de la station-service. Tu prends le temps de déployer ton poing d'argent cette fois, on ne sait jamais. Peut-être qu'un robot va surgir de nulle part, encore ? Heureusement, il n'y a personne. Pendant votre fuite, une étagère de bonbons s'est renversée par terre dans un fracas de verre et de métal, laissant échapper des billes rondes, sucrées et colorées partout dans la boutique. Tu fermes la porte d'entrée à clé et prends soin de retourner le panneau « fermé » pour que personne ne te dérange.

Maintenant, tu vas pouvoir réfléchir. Première chose, alerter l'Agence. Tu déverrouilles ton smartphone suisse et pousses le bouton d'alerte d'urgence. Ils seront là dans quelques minutes pour te récupérer et essayer d'aider Naveen… s'il est encore en vie. Tu n'as plus qu'à attendre, maintenant…

Mais tu as aussi trouvé la carte de ta sœur ! Tu pourrais gagner du temps et commencer à étudier ce mystère. Aussi, tu sors le classeur de ta mallette et le poses sur le comptoir. Tu l'ouvres à la dernière page et glisses la carte Katsa dans la pochette vide.

Tu bondis en arrière quand des lumières commencent à apparaître sur les pages et que le classeur se met à vibrer !

Pas si vite ! Dans quel célèbre film les personnages utilisent-ils des hologrammes pour s'envoyer des messages à distance ?

Si tu penses que c'est dans Pirates des Caraïbes, *note le numéro de ce chapitre sur ta fiche d'aventure et rendez-vous en* **30**.

Si tu penses que c'est dans Black Panther, *note le numéro de ce chapitre sur ta fiche d'aventure et rendez-vous en* **38**.

Si tu penses que c'est dans Star Wars, *note le numéro de ce chapitre sur ta fiche d'aventure et rendez-vous en* **39**.

Au fait, grâce à tes actions,
tu gagnes un point bonus.
N'oublie pas de l'inscrire
sur ta fiche d'aventure !

37

Ça y est, tu as réussi ! L'ingénieux message codé laissé par ta sœur prend enfin tout son sens… Elle t'a laissé une carte cryptée pour que tu la retrouves ! Le point B est le point d'arrivée, tu en es sûr, mais encore faut-il que tu arrives à te repérer…

– Emma, transfère ces données sur ta carte mémoire.

– Bien, agent Lukas Pottier. Vous vous trouvez à moins de deux kilomètres de cet endroit.

Le skateboard ne tiendra pas longtemps hors de la route 66, sur le sol sablonneux du désert. Mais s'il ne roule pas, eh bien, tu courras ! Rien ne t'empêchera de retrouver ta sœur !

Rendez-vous au 40.

38

Oups ! Ce n'est pas la bonne réponse !

> ***Regarde ta fiche d'aventure et retourne au paragraphe d'où tu viens.***

39

Tu te plaques contre le mur alors qu'un message holographique jaillit des pages du classeur Katsa. Une petite silhouette s'approche de toi. Tu reconnais le visage de ta sœur !

– Julia ? Julia, c'est toi ?

– Bonjour, Lukas. Si tu as découvert ce message, c'est que je suis probablement en danger. Je suis désolée de t'avoir mis dans ce pétrin, mais... sache que l'Agence est corrompue. Nous ne pouvons plus leur faire confiance. Tu es mon seul espoir ! Éloigne-toi le plus vite possible d'eux, et quand tu seras en sécurité, rouvre le classeur à la page vingt-deux.

La transmission s'arrête et le classeur semble reprendre sa forme normale. Un frisson te parcourt quand tu penses que tu viens d'appeler au secours l'Agence, alors qu'ils sont peut-être dangereux ! Tu ressors de la station-service, ta mallette sous le bras. Il faut que tu réfléchisses, que tu partes loin de cet endroit. D'abord, tu ôtes la puce GPS de ton smartphone suisse. L'Agence ne pourra pas te suivre, comme ça ! Puis tu enfiles tes lunettes intelligentes.

– Emma, coupe la transmission vers l'Agence.

– C'est fait, agent Lukas Pottier. Nous sommes désormais seuls.

– Merci. Trouve-moi un endroit où me cacher à proximité.

Pendant que l'intelligence artificielle travaille, tu fais le tour de l'endroit. Dans un coin, un skateboard est caché par des bidons d'essence. C'est exactement ce qu'il te fallait ! Tu montes dessus. Il est un peu vieux et usé, mais ça fera l'affaire. Tu t'engages sur la route 66, quand Emma t'annonce :

– Il y a un *fast-food* à quatre kilomètres.

– Parfait, indique-moi le chemin.

Devant tes yeux, à travers les verres de tes lunettes, un itinéraire vert se dessine sur le bitume. Tu le suis sur ton skateboard. Tu roules, tu roules, jusqu'à en avoir mal aux cuisses. Ta mallette pèse lourd dans tes bras. Tu aurais dû penser à prendre un sac à dos ! Finalement, le *fast-food* typiquement américain se dessine sur le bord de la route. Tu y entres et commandes un milk-shake. Discrètement, tu sors ton classeur Katsa et l'ouvres sur la table, à la page vingt-deux. Cette fois-ci, il est juste illuminé sur les entailles que tu avais remarquées. Tu sors les cartes de leur pochette. Certaines sont aussi lumineuses ; tu te demandes ce que cela signifie. On dirait une énigme, laissée ici par ta sœur... Toi seul peux la résoudre !

B
A

Tu as l'impression que les traits lumineux forment un chemin… Il faut que tu mettes les cartes dans le bon ordre.

Quand tu as réussi à reproduire la carte, rendez-vous au 37.

40

Après plusieurs kilomètres parcourus dans le désert, tu arrives enfin à l'endroit représenté par ta sœur. Enfin, c'est l'impression que tu as…

Pourtant, il n'y a rien autour de toi. Est-ce que tu t'es trompé quelque part ? Tu balayes les alentours du regard. Un cactus pousse à quelques mètres. C'est étrange, il a l'air différent des autres. Tu t'en approches doucement.

– Emma, analyse ce cactus.

Un rayon vert sort de tes lunettes et vient scanner le cactus. La voix robotique d'Emma se fait entendre.

– Ceci n'est pas une plante. Ceci est une construction humaine.

Tu regardes encore plus attentivement cet étrange cactus. Tu touches une branche, et un bruit de vibration retentit. On dirait bien que tu es tombé sur quelque chose d'intéressant… Peut-être qu'il marque l'entrée du repaire du dangereux savant fou ? Tu laisses glisser tes doigts sur la branche. Elle forme un angle à 90°. Tu as l'impression d'avoir déjà vu cette forme quelque part… Tu rouvres le classeur Katsa et parcours frénétiquement les pages. Tout à coup, bingo !

Tu comprends tout de suite ce que tu dois faire.

Que décides-tu ? Si tu veux abaisser la branche de gauche et lever la branche de droite, rends-toi en **43**.

Si tu décides d'abaisser la branche de droite et de lever celle de gauche, rends-toi en **42**.

41

Tu penses ne pas être assez agile pour te glisser dans le conduit d'aération, alors tu vas passer par la porte, à tes risques et périls... Dans un coin du local, il y a un chariot de ménage avec une casquette posée dessus. Tu décides de l'enfiler avant de passer la porte. La tête baissée, tu avances, tes doigts serrant les poignées de ton chariot volé. Pourvu que tu ne croises personne ! Un homme de ménage haut

comme trois pommes, en costume-cravate... Qui va bien pouvoir croire à ça ?

Le couloir est long et tu te demandes bien où tu es. Au moins, ici, il y a de la lumière. Une roue du chariot grince légèrement, et ça te stresse encore plus. Selon les projections vertes d'Emma sur le sol, la quatrième porte à droite serait la bonne : un point clignote dessus. Allez, plus que quelques mètres, et tu y seras !

Mais alors que tu accélères, la porte à ta gauche s'ouvre. Une femme en blouse blanche te toise, l'air surpris. Tu gardes la tête baissée et grommelles un « *Hello !* » en pressant encore un peu le pas.

– *Hey, you ! You !*

Tu ne te retournes pas, mais tu entends les talons de la femme claquer sur le carrelage. Tu tiens fermement dans ta main le smartphone suisse, et tu fais fébrilement défiler le menu jusqu'aux applications de défense. « Laser destructeur », non. « Grenade fumigène », non. « Attaque de fourmis robotiques », non. « Bazooka de poche »... Non ! Ah ! enfin, tu trouves ton bonheur : le mini-taser ! Alors que la femme t'attrape le bras, tu te retournes et lui plantes le smartphone suisse dans le cou. Une décharge électrique en sort et elle pousse un cri de surprise. Tu la retiens comme tu peux pour qu'elle ne s'écroule pas complètement sur le sol. Tu l'allonges, inconsciente.

– Je suis tellement désolé, madame…

Tu arraches de son cou son badge de sécurité et pars en courant, complètement paniqué, abandonnant ton chariot au milieu du passage. La serpillière tombe par terre et s'étale sur le sol. Tu passes le badge avec empressement devant le détecteur d'identité de la porte que t'indique Emma. Elle s'ouvre ! Tu te jettes dans la pièce et t'enfermes, essoufflé. Quand tu relèves la tête, tu es face à une cage en verre. À l'intérieur, Julia te regarde, médusée.

– Lukas ?

Rendez-vous au 45.

42

Tu as vu juste ! Le cactus en toc coulisse sur lui-même dans un bruit de métal et s'enfonce dans le sol. À sa place, tu découvres une échelle qui descend dans un tunnel. Tu n'as pas vraiment le choix, tu t'apprêtes apparemment à pénétrer dans le repaire du savant fou, Danny Roy ! Tu prends ton courage à deux mains, poses ton classeur, trop lourd, au sol, et tu descends l'échelle. Tu as l'impression que c'est interminable, mais tu préfères ne pas regarder en bas pour éviter d'avoir le vertige. Quand tu atteins le sol du souterrain, tout est sombre autour de toi. Heureusement, tes lunettes s'allument et tu y vois tout de suite mieux. Emma reprend la parole.

– J'ai sondé les murs de cet endroit. Je vous propose un plan des lieux, est-ce que cela vous intéresse ?

– Oui, bien sûr que ça m'intéresse.

De toute façon, tu n'as pas vraiment d'autre choix. Tu dois faire confiance à cette intelligence artificielle si tu veux retrouver ta sœur. Tu avances à l'intérieur du long couloir face à toi, dans le silence le plus total. Tu n'as aucune idée d'où tu te trouves ni d'où tu vas atterrir, mais tu espères bien ne pas te faire prendre. Emma t'alerte de plusieurs obstacles à venir, sûrement des caméras de surveillance. Tu as le choix entre deux couloirs et empruntes, sur les conseils d'Emma, celui de gauche. Puis il faut grimper un petit escalier. À présent, tu n'es plus dans le couloir principal mais dans un tunnel plus étroit. Et plus sombre. Enfin, tu débouches sur une petite pièce... On dirait une salle de maintenance. Il y a de gros ventilateurs et des panneaux électriques. Tu regardes de nouveau le plan et tu t'aperçois que tu as deux possibilités. Mais l'une te semble plus dangereuse que l'autre...

Si tu as au moins 6 ⚡, tu tentes de passer par le conduit d'aération et tu te rends au **44**.

Sinon, tu dois passer par la porte et tu te rends au **41**.

43

Oups ! Tu t'es trompé ! Un laser manque de te pulvériser sur place. Heureusement, tu t'es écarté au dernier moment.

Retourne en **40** *et recommence.*

44

Il y a un chariot de ménage dans un coin de la pièce. Tu prends le seau et le poses sous la bouche d'aération. En montant dessus, tu peux dévisser les boulons de la grille grâce à l'application de boîte à outils de ton smartphone suisse. Une fois qu'elle est enlevée, tu te hisses dans le tuyau qui, heureusement, est assez large pour que tu t'y faufiles. Tu rampes sur tes avant-bras comme un petit ver de terre. Ton professeur de sport au collège avait raison de te faire travailler tes abdominaux ! Tu t'arrêtes à un embranchement et Emma fait apparaître le chemin devant toi, en vert. Tu dois prendre à droite, puis à gauche. Tu passes au-dessus d'une grille, et tu entends des éclats de voix, comme si deux personnes se disputaient. Tu t'allonges et regardes ce

qui se passe dans la pièce. On dirait un genre de laboratoire. Deux scientifiques sont bien en train de se disputer.

Tu glisses sur le sol en aluminium du tunnel en essayant de faire le moins de bruit possible, retenant même ton souffle. Tu dépasses le laboratoire et te retrouves devant un nouvel embranchement. Emma t'indique le chemin de gauche. Te voilà enfin arrivé à destination. Sur la carte, un point clignote. La position de ta sœur ? Tu as le cœur qui bat à cent à l'heure. Il y a une grille en dessous de toi. Tu scrutes à travers mais ne distingues que le sol blanc. Tu restes quelques instants à écouter pour vérifier que personne n'est à l'intérieur.

Finalement, tu déboulonnes les vis de la grille, la poses délicatement dans le tunnel, et te lances, les jambes en avant.

Tu as mal évalué la distance avec le sol, et tu t'écroules par terre comme un gros tas.

– Aïe !

Quand tu relèves la tête, tu es face à une cage en verre. À l'intérieur, Julia te regarde, médusée.

– Lukas ?

Rendez-vous au **45**.

45

– **Julia !** Je t'ai enfin trouvée !

Tu te colles à la vitre, les mains sur celles de ta sœur. Elle a les larmes aux yeux et un grand sourire sur le visage.

– Je savais que tu arriverais à déchiffrer mon message ! Tu es le meilleur !

Tu acceptes le compliment, mais tu n'as pas vraiment le temps de t'attarder. Il faut que tu libères ta sœur de cet endroit avant que quelqu'un vous repère !

– Comment je te sors de là ?

– Il y a un boîtier de sécurité. Si tu arrives à le désactiver, je pense que la porte s'ouvrira… Mais fais attention, le moindre faux pas pourrait déclencher l'alarme. Et il va falloir te dépêcher, parce que les gardes viennent me voir toutes les heures… Leur dernier passage était il y a cinquante-sept minutes !

Tu as bien repéré le boîtier. Avec ton smartphone suisse, tu l'ouvres en un tour de main. À l'intérieur, il y a un mécanisme qui amène à deux fils.

– Dépêche-toi, Lukas ! Il te reste seulement trois minutes ! Tu dois trouver quel fil coupe l'alimentation de la cage…

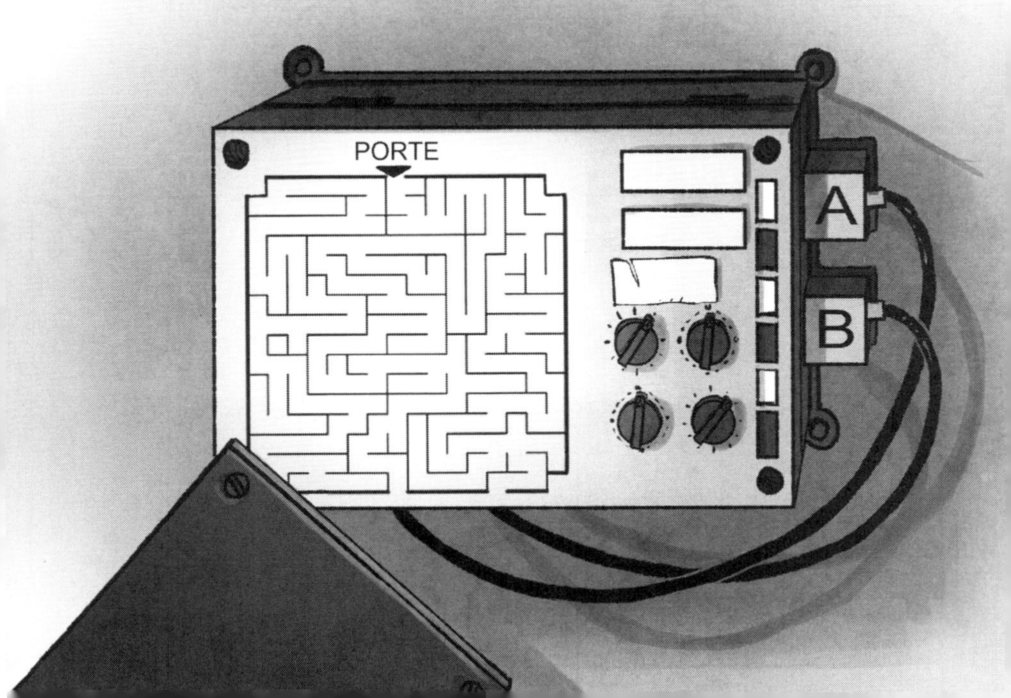

Si tu choisis le fil relié au bouton A, rendez-vous en **49**.

Si tu choisis le fil relié au bouton B, rendez-vous en **48**.

46

À peine trois heures plus tard, vous atterrissez à New York. La nuit est sur le point de tomber.

– Nous sommes sur le toit de l'un des hôtels les plus prestigieux de la ville, précise Angelica Blake. J'ai réservé sous un faux nom une suite pour trois personnes. Personne de l'Agence ne sait que nous sommes ici.

Vous descendez à la réception et êtes accueillis par un homme en queue-de-pie. Effectivement un hôtel très chic... Il vous donne les clés de votre suite et vous vous retrouvez dans la plus grande chambre d'hôtel que tu aies jamais vue. Tu ne peux pas t'empêcher de te précipiter vers l'immense baie vitrée qui domine tout New York, ses lumières et son coucher de soleil. Tu n'as jamais rien vu d'aussi beau. Mais Angelica Blake et ta sœur se dirigent déjà vers le bureau de la suite et posent toutes leurs affaires dessus.

– Quel est le plan, alors ? demande Angelica Blake à Julia.

Tu es vraiment impressionné par ta grande sœur. Jamais tu n'aurais cru qu'elle puisse être un agent secret aussi talentueux ! Julia ferme les grands rideaux de la suite avant de lui répondre. Pendant ce temps, Angelica Blake ouvre sa mallette, qui transforme instantanément le bureau en verre en un ordinateur holographique surpuissant. Julia commence à pianoter sur les formes qui apparaissent.

– Danny Roy possède une armée de cent vingt-trois robots-zombies. Ils vont attaquer New York afin de montrer sa supériorité au monde entier. Le milliardaire veut faire un exemple pour vendre à tous les gouvernements du monde ses robots de défense contre les robots-zombies, et ainsi devenir l'homme le plus riche du monde ! C'est une affaire d'heures, ou de jours... Les robots-zombies possèdent des jet-packs pour voler, des lasers sortent de leurs yeux, ils ont des mâchoires tranchantes et, bien entendu, une force surhumaine.

– Heu, pourquoi robots-zombies, du coup ? demandes-tu.

– Parce que Roy a fait en sorte qu'ils aiment la chair humaine. Ils sont littéralement programmés pour nous dévorer !

Tu frissonnes, et l'inquiétude que tu lis dans les yeux d'Angelica Blake ne te rassure pas.

– C'est peut-être la plus grande menace que l'humanité ait jamais eu à surmonter. Et nous ne sommes que trois pour sauver le monde. Je vais tout de suite appeler du renfort dans notre branche européenne, mais il va falloir rester discrets... Seuls quelques agents d'élite en lesquels j'ai la plus grande confiance nous rejoindrons. Reposez-vous, mangez quelque chose. Nous établirons un plan d'attaque ensuite. Tenez, commandez ce que vous voulez sur la carte du room service. Moi, j'ai grignoté avant de partir.

Tu salives d'avance. Julia te fait signe de choisir pour vous deux pendant qu'elle continue d'étudier le dossier de la mission.

Quels plats vas-tu choisir ?

Si tu choisis de commander deux sandwichs clubs au poulet, des frites et des brioches perdues en dessert, rends-toi au 51.

Si tu choisis de commander un risotto aux champignons, du Coca et trois parts de cheesecake, rends-toi au 61.

47

Une fois dans l'hélicoptère, tu te plaques contre ton siège et tu fermes les yeux. Julia ne lâche pas ta main, vous êtes ballottés dans tous les sens. Tu entends des tirs autour de toi, qui se mêlent au bruit assourdissant des pales de l'hélicoptère. Finalement, celui-ci se stabilise et tu oses ouvrir les yeux. Tu es seul à l'arrière avec Julia. La pilote se retourne. C'est Angelica Blake !

– Vous allez bien tous les deux ? demande-t-elle dans son casque.

Tu enfiles le tien, comme ta sœur, et tu acquiesces.

– Je suis soulagée ! Je suis venue dès que j'ai reçu l'appel de détresse de Julia.

Tu te retournes vers ta sœur car tu ne comprends pas bien de quoi parle la directrice.

– J'avais codé un signal de détresse à l'intérieur du classeur Katsa. Quand tu l'as activé, Angelica l'a reçu en personne.

– Mais je… je croyais que l'Agence était corrompue…

– Seulement l'Agence américaine, rectifie Angelica Blake. Tu as bien fait de ne pas les prévenir que tu avais retrouvé ta sœur, Lukas. C'était une réaction très maline de ta part !

– Je les ai prévenus quand j'étais à la station-service, et puis j'ai déchiffré le message de Julia, alors j'ai fui. Naveen est mort… Enfin je crois.

Ma sœur baisse les yeux avec tristesse.

– Alors nous sauverons le monde en son honneur, déclare-t-elle. Angelica, j'ai pu mémoriser les plans de Danny Roy. Comme tout bon méchant, il a tenu à me les expliquer en personne... Il s'apprête à envahir New York. Je pense que mon évasion va précipiter son plan. Des dizaines de robots-zombies vont attaquer la ville !

– Alors il n'y a pas une seconde à perdre ! Cap sur New York !

Rendez-vous au ***46***.

48

Tu fermes les yeux alors que tu coupes le fil relié au bouton B. Tu as très peur de t'être trompé, tu retiens ton souffle. Il ne se passe rien pendant quelques secondes. Tu regardes Julia, qui a l'air aussi surprise que toi. Et puis d'un seul coup, une alarme stridente retentit dans vos oreilles.

– On est repérés ! hurle ta sœur par-dessus le bruit.

Aussitôt, tu coupes le deuxième fil et la porte vitrée se rétracte. Julia sort de sa cellule comme une fusée.

– Il faut partir par la bouche d'aération, Lukas !

Elle se hisse tout en haut et te tend la main pour que tu la rejoignes. Au moment où tu entres dans le conduit, tu entends la porte s'ouvrir. Il va falloir vous enfuir le plus vite possible ! Tu rampes derrière ta sœur et vous bifurquez à la première intersection. Des cris retentissent derrière vous, mais vous ne vous retournez pas. Tu sens l'adrénaline monter en toi en entendant les pas des agents de Danny Roy. Tu accélères encore un peu. On vous traque, et tu as bien peur que tout ça finisse mal.

– Ton smartphone suisse ! Donne-moi ton smartphone suisse !

Tu tends l'objet à Julia. En agente surentraînée, elle utilise sans sourciller le taser quand la tête d'un homme apparaît à travers une grille. L'homme retombe au sol dans un petit cri.

– Dépêche-toi, Lukas ! On y est presque !

Alors que tu continues de ramper comme le plus rapide des vers de terre, Julia s'immobilise d'un coup. Il lui faut une fraction de seconde pour sortir le bouclier de poche du smartphone suisse, et lorsque le claquement des balles se fait entendre, celles-ci rebondissent sur la paroi sans vous atteindre. C'est bien la première fois que tu es la cible de coups de feu !

– Vite, avance pendant qu'ils rechargent !

Tu te précipites derrière ta sœur, qui bifurque et donne un grand coup de pied dans une plaque. Tu sens immédiatement l'air chaud du désert s'engouffrer dans le tunnel. Elle t'aide à sortir. Tu es ébloui par la lumière du jour. Vous êtes dehors ! Vous vous êtes échappés !

Julia brandit ton smartphone suisse en l'air, comme si elle cherchait du réseau, et vous courez à vous en arracher les poumons. Derrière toi, tu entends des bruits, tu sais que les gorilles de Danny Roy ne sont pas loin, mais tu ne veux surtout pas te retourner. D'un coup, un hélicoptère apparaît dans le ciel et descend jusqu'à vous. Une échelle en corde, comme dans les films de James Bond, en sort. Julia s'y accroche fermement et décolle. Tu cours encore plus vite pour la rattraper, elle te tend la main, tu l'attrapes, et te voilà dans les airs alors que des balles sifflent autour de toi. Vous l'avez encore échappé belle !

Rendez-vous au **47**.

49

Tu fermes les yeux alors que tu coupes le fil relié au bouton A. Tu as très peur de t'être trompé, tu retiens ton souffle. Il ne se passe rien pendant quelques secondes. Tu regardes Julia, qui a l'air aussi surprise que toi. Et puis d'un seul coup, la porte vitrée de sa cellule se rétracte.

– Bravo, Lukas ! Tu as réussi !

Elle sort de sa cage et te serre très fort dans ses bras. Tu profites de ce câlin, parce que tu es bien content de l'avoir retrouvée. Quand elle te lâche enfin, tu as mille questions à lui poser sur toute cette histoire. Tu ouvres grand la bouche pour parler.

– Non, Lukas, on n'a pas le temps pour ça, te coupe-t-elle. Quand on sera en sécurité, je t'expliquerai tout, je te le promets !

Elle inspecte brièvement la pièce avant de porter son regard vers le conduit d'aération.

– On part par là. Dépêche-toi, les gardes vont arriver d'une seconde à l'autre.

Elle se hisse tout en haut et te tend la main pour que tu la rejoignes. Tu grimpes avec un peu de difficulté mais parviens quand même dans le tuyau. Ta sœur avance et tu la suis. Elle a l'air de savoir où elle va. Mais soudain, derrière toi, tu entends des cris. Au bout d'une seconde à peine, une alarme stridente retentit. Ça y est, vous êtes repérés ! Il va falloir vous enfuir le plus vite possible ! Tu rampes derrière ta sœur et vous bifurquez à la première intersection. Tu sens l'adrénaline monter en toi en entendant les pas des agents de Danny Roy. Tu accélères encore un peu. On vous traque, et tu as bien peur que tout ça finisse mal.

– Ton smartphone suisse ! Donne-moi ton smartphone suisse !

Tu tends l'objet à Julia. En agente surentraînée, elle utilise sans sourciller le taser quand la tête d'un homme apparaît à travers une grille. L'homme retombe au sol dans un petit cri.

– Dépêche-toi, Lukas ! On y est presque !

Alors que tu continues de ramper comme le plus rapide des vers de terre, Julia s'immobilise. Il lui faut une fraction de seconde pour sortir le bouclier de poche du smartphone suisse, et lorsque le claquement des balles se fait entendre, celles-ci rebondissent sur la paroi sans vous atteindre. C'est bien la première fois que tu es la cible de coups de feu !

– Vite, avance pendant qu'ils rechargent !

Tu te précipites derrière ta sœur, qui bifurque et donne un grand coup de pied dans une plaque. Tu sens immédiatement l'air chaud du désert s'engouffrer. Elle t'aide à sortir du tunnel. Tu es ébloui par la lumière du jour. Vous êtes dehors ! Vous vous êtes échappés !

Julia brandit ton smartphone suisse en l'air, comme si elle cherchait du réseau, et vous courez à vous en arracher les poumons.

Derrière toi, tu entends des bruits, tu sais que les gorilles de Danny Roy ne sont pas loin, mais tu ne veux surtout pas te retourner. D'un coup, un hélicoptère apparaît dans le ciel et descend jusqu'à vous. Une échelle en corde, comme dans les films de James Bond, en sort. Julia s'y accroche fermement et décolle. Tu cours encore plus vite pour la rattraper. Elle te tend la main, tu l'attrapes, et te voilà dans les airs alors que des balles sifflent autour de toi. Vous l'avez encore échappé belle !

Rendez-vous au 47.

50

Deux jours ont passé depuis ton retour, et te voilà paré pour le tournoi de Katsa. Ta mère t'emmène jusqu'à la salle d'arcade. Après avoir déposé un baiser sur ta joue, elle te laisse avec le reste de ton équipe. Les deux garçons et la fille face à toi sont plus âgés et sont de meilleurs joueurs que toi, mais ils t'accueillent comme leur égal. Tu repenses à tout ce que tu viens de vivre avec l'Agence, avec ta sœur, aux exploits que tu as accomplis. Oui, tu peux y arriver, c'est certain.

– On y va ? demandes-tu aux autres.

Vous vous installez à votre place et le jeu commence. Tu te sens complètement dans ton élément, tout ton stress disparaît. Tu as la manette bien en main, les personnages aussi. Tu repenses aux bons conseils de ta grande sœur, au modèle qu'elle est pour toi. Et en quelques clics et quelques actions bien placées, ton équipe et toi, vous gagnez ce merveilleux tournoi.

FIN

Bravo à toi ! Tu as réussi ton aventure ! Si tu veux, tu peux la rejouer différemment afin de tester toutes les possibilités que t'offre ce livre !

51

Tu as commandé des sandwichs clubs, et quand ils arrivent, tu mords dedans sans ménagement. Julia s'installe à côté de toi sur l'un des grands lits. Elle se sert un verre d'eau avant de croquer dans le sien.

– Tu étais bien traitée, là-bas ? demandes-tu. Je veux dire, dans le repaire de Roy…

– Oui, pas trop mal. J'ai connu pire, crois-moi.

Tu restes silencieux et attrapes une frite. Julia a l'air de comprendre ton malaise. Au fond de toi, tu as l'impression de ne plus vraiment connaître ta grande sœur, et qu'elle t'a fait des cachotteries pendant des années.

– Je suis désolée de ne jamais avoir pu te parler de ça, Lukas… Mais je ne voulais pas te mettre en danger, ni papa et maman.

– Je comprends, oui. Mais qu'est-ce qui a changé ?

– Je ne pouvais plus faire confiance à personne à l'Agence. Je me suis dit que j'allais envoyer ma mémoire vive à la seule personne en qui j'ai vraiment confiance, le plus discrètement possible. Et j'ai bien fait, car deux jours après avoir posté mon classeur Katsa, je disparaissais.

Tu termines ton sandwich et passes au dessert sans transition. Julia te regarde en rigolant.

– Tu me raconteras toutes tes aventures ? demandes-tu la bouche pleine. Pas maintenant je veux dire, mais quand tout ça sera fini ?

– Avec plaisir, petit frère ! D'ailleurs, elles t'ont plu, mes cartes Katsa ?

– Tu plaisantes ! J'avais jamais imaginé que tu avais une si belle collection ! C'est génial !

– Je savais que ça te plairait ! Et tu en es où de tes histoires de tournoi de jeu vidéo ? Tu en as un bientôt avec ton équipe ?

Toute cette histoire de sauvetage et de robots-zombies avait au moins eu le mérite de te faire oublier une chose : ton tournoi de Katsa ! Tu en as des frissons dans toute la colonne vertébrale rien que d'y penser ! C'est après-demain, et au train où vont les choses, tu vas sûrement le rater. Mais tu n'es de toute façon pas à la hauteur, tu le sais...

– Oh ! je connais ce regard, Lukas... Tu crois que tu n'es pas capable d'y arriver, c'est ça ? Mais enfin, c'est n'importe quoi ! Tu viens de me sauver des griffes d'un savant fou milliardaire constructeur de robots-zombies ! Tu peux tout réussir dans ta vie, Lukas !

– Tu le penses vraiment ?

– Mais oui, je t'assure !

Angelica Blake vous rejoint et vient piocher dans les quelques frites restantes.

– Julia, je t'ai apporté un nouveau poing d'argent et un smartphone suisse. Je me suis dit que ça pourrait t'être utile.

Elle tend à ta sœur l'anneau du poing d'argent et le téléphone multifonction.

– Bien, maintenant que vous avez repris des forces, nous devrions établir notre straté…

La directrice n'a pas le temps de finir sa phrase, car la vitre derrière elle explose. Terrorisé, tu te réfugies sous le lit. Tu n'as aucune idée de ce qui est en train de se passer. Tu entends Julia crier, du verre qui se brise, des coups de feu, des pas qui se précipitent et un sifflement strident dans tes oreilles. Tu fermes les yeux, tu as peur, tu restes caché.

Et puis soudain, l'adrénaline monte en toi. Tu dois aider ta sœur et Angelica Blake ! Tu ne peux pas rester caché, tu dois être courageux !

Alors tu sors de sous le lit. La scène que tu contemples te glace le sang. À ta gauche, il y a Angelica Blake, qu'un gros robot tient à bout de bras au-dessus du vide. À ta droite, il y a Julia, au sol, en train de se débattre sous les bras acérés d'un deuxième robot. Et surtout, face à toi, il y a un troisième robot qui te fonce tout droit dessus.

Que vas-tu faire ?

Si tu décides de sauver Angelica Blake car elle est la directrice de l'Agence et risque de mourir, rends-toi au **54**.

Si tu décides d'aider ta sœur car tu as peur pour elle, rends-toi au **53**.

Si tu décides de te battre contre le robot en face de toi, rends-toi au **52**.

52

Tu te jettes à corps perdu sur le robot en face de toi. Il est très fort, et le choc de son torse en métal contre ton épaule fait courir une douleur sourde dans tout ton bras. Alors qu'il est déséquilibré, tu en profites pour toucher ton anneau. Le poing d'argent se déploie autour de ta main et tu le projettes dans les dents du géant de métal. Sa tête fait un tour sur elle-même, mais se repositionne au même endroit. Pendant une seconde, il est sonné et te regarde droit dans les yeux, puis d'un coup, ses pupilles en verre deviennent rouges. Ça ne te dit rien qui vaille ! Tu fais un pas en arrière alors que le robot lance ses bras métalliques sur toi, il te rate de peu. Toi, tu enchaînes les coups de poing dans son abdomen en acier, réussissant à le faire plier.

Brusquement, ses yeux se transforment en lasers. Tu dois plonger et rouler derrière le lit pour les éviter. Quand tu te retournes, tu aperçois une longue trace rouge et fumante sur le mur derrière toi. Tu l'as vraiment échappé belle ! Tu te relèves et tu bondis par-dessus le lit comme un cabri pour atterrir sur les épaules du robot qui menace ta sœur. Tu lui envoies ton poing d'argent en plein dans la mâchoire, et cette fois-ci, tu arrives carrément à lui dévisser la tête !

Julia se libère et brandit son smartphone suisse vers l'autre robot, celui qui te menaçait un peu plus tôt. Une mini-bombe en jaillit et vient s'encastrer dans la poitrine du robot. En quelques secondes à peine, il explose. Dans un même élan, Julia et toi vous lancez vers le troisième robot. En vous voyant arriver, celui-ci lâche Angelica Blake dans le vide ! Tu pousses un cri de désespoir, mais tu es lancé. En même temps, Julia et toi écrasez votre poing d'argent dans le torse du robot, qui s'écroule et tombe à son tour à la renverse par la fenêtre.

Julia tombe au sol, dépitée.

– Angelica ! Non !

Tout est calme, soudain, après cette horrible attaque et les explosions. Tu trembles encore de tous tes membres. Tu t'assois à côté de Julia, au bord de ce gouffre béant, qui te donne le vertige.

Soudain, une main apparaît dans le trou de la baie vitrée. Tu pousses une exclamation de surprise. Julia se précipite et l'attrape.

– Angelica !

Dans un effort, ta sœur fait remonter la directrice, encore sonnée, dans votre chambre. Angelica Blake s'écroule par terre, le souffle coupé.

– J'ai bien cru... que j'allais y passer, cette fois-ci !

Vous restez tous les trois un moment comme ça, à reprendre vos esprits. Et puis d'un coup, de l'agitation se fait entendre en bas de l'immeuble. Des cris, pour être précis. Tu te penches un peu dans le vide et tu découvres médusé ce qui est en train de se passer. Au bout de la rue, entre deux buildings, se dresse un énorme robot de presque dix mètres de haut, qui sème la terreur dans New York. Et devant lui, courant à toute vitesse, des dizaines de robots-zombies qui foncent droit sur vous.

– O.K., je crois qu'il est temps que nous mettions notre plan en action, commente Angelica Blake. Vous êtes prêts ?

Bravo ! Grâce à ton courage sans faille, tu as réussi à te sortir d'une situation difficile ! Cet enseignement te fait gagner 1 point bonus ϟ à ajouter sur ta fiche d'aventure.

Rendez-vous au **57**.

53

Sans réfléchir plus longtemps, tu te jettes à corps perdu sur le robot qui menace ta sœur. Alors que tu sautes sur le lit, tu touches ton anneau pour déployer le poing d'argent autour de ta main. Tu rebondis comme un cabri sur le matelas pour atterrir sur les épaules du robot. Tu lui envoies ton poing d'argent en plein dans la mâchoire, et avec le choc, tu arrives carrément à lui dévisser la tête !

Julia se dégage de son emprise et brandit son smartphone suisse vers l'autre robot géant qui fonce vers vous. Une mini-bombe en jaillit et vient s'encastrer dans la poitrine du robot. Celui-ci la regarde et la pousse d'un geste de sa main robotique, faisant exploser en une nuée de plumes et de ressorts le matelas et ses coussins. Tu es projeté en arrière contre ta sœur et vous vous cognez la tête.

– Je m'occupe d'Angelica, occupe-toi du robot ! hurles-tu.

Elle déploie son poing d'argent et se lance à toute vitesse vers le colosse de métal. Tu n'as pas le temps d'admirer ses techniques de combat, car toi, tu dois sauver Angelica Blake ! Tu te jettes sur le robot qui l'enserre dans son poing. Il est très fort, et le choc de son torse en métal contre ton épaule fait courir une douleur sourde dans tout ton bras. Le robot n'est pas déséquilibré, mais il repose

Angelica Blake sur le sol. Tu es soulagé, et pourtant te voici en danger. C'est toi à présent que le robot attrape par le cou. Tu te débats, mais même ton poing d'argent n'arrive pas à déloger les mains en métal du robot. Tes pieds quittent le sol, et tu commences à paniquer. Tu regardes en bas et te rends compte que tu es au-dessus du vide ! Tu cries de toutes tes forces, sentant ta fin venir… Heureusement, Angelica Blake s'accroche au bras du robot, qui est obligé de te reposer. Au même moment, un laser surpuissant jaillit et décapite le robot. Sa tête roule sur le sol et tombe dans le vide par la baie vitrée brisée. D'un coup, tout est silencieux. Tu comprends que ta sœur a mis K.-O. le deuxième robot et qu'elle vient d'activer son smartphone suisse pour détruire le dernier ! Elle est vraiment badass. Elle se précipite vers toi et te serre dans ses bras.

– Lukas, tu n'as rien ? J'ai eu si peur !

– J'ai un peu mal à l'épaule, mais ça va… Et toi ?

– Oui, ça va… Tu as été si courageux ! Tu nous as sauvées toutes les deux !

Angelica Blake pose une main réconfortante sur ton épaule. Vous restez tous les trois un moment comme ça, à reprendre vos esprits. Et puis d'un coup, de l'agitation se fait entendre en bas de l'immeuble. Des cris, pour être précis. Tu te penches un peu dans le vide et tu découvres médusé ce qui est en train de se passer. Au bout de la rue, entre deux buildings, se dresse un énorme robot de presque dix mètres de haut, qui sème la terreur dans New York. Et devant lui, courant à toute vitesse, des dizaines de robots-zombies qui foncent droit sur vous.

– O.K., je crois qu'il est temps que nous mettions notre plan en action, commente Angelica Blake. Vous êtes prêts ?

Bravo ! Grâce à ta sensibilité sans faille, tu as réussi à te sortir d'une situation difficile ! Cet enseignement te fait gagner 1 point bonus à ajouter sur ta fiche d'aventure.

Rendez-vous au 57.

54

Il te faut à peine quelques secondes pour réfléchir : Angelica Blake est en danger de mort imminente et tu es le seul à pouvoir la sauver. Tu te jettes sur le robot qui l'enserre dans son poing. Il est très fort, et le choc de son torse en métal contre ton épaule fait courir une douleur sourde dans tout ton bras. Le robot n'est pas déséquilibré, mais il repose Angelica Blake sur le sol. Tu es soulagé, et pourtant te voici en danger. C'est toi à présent que le robot attrape par le cou. Tu te débats, tu déploies ton poing d'argent, mais même avec cela tu n'arrives pas à déloger les mains en métal du robot. Tes pieds quittent le sol, et tu commences à paniquer. Tu regardes en bas et te rends compte que tu es au-dessus du vide ! Tu cries de toutes tes forces, sentant ta fin venir...

Heureusement, Angelica Blake s'accroche au bras du robot, qui est obligé de te lâcher. Elle déploie son propre poing d'argent et met K.-O. le robot en quelques coups bien placés !

– Va avec Julia ! te lance-t-elle. Je m'occupe de l'autre robot !

Tu voudrais bien suivre son conseil, car le deuxième robot est en train d'étrangler ta sœur, mais le troisième te barre le passage ! Pourtant, il n'y a pas une seconde à perdre. Tu élabores très rapidement un plan pour parvenir à tes fins. Tu sautes sur le lit et t'accroches au lustre qui pend du plafond. Tel un Tarzan des temps modernes, tu fais une parabole autour du robot, lui échappes et atterris directement sur les épaules du dernier ! Tu lui envoies ton poing d'argent en plein dans la mâchoire, et cette fois-ci, tu arrives carrément à lui dévisser la tête !

Julia se dégage de son emprise et s'écroule sur le sol, tremblante. Tu te précipites sur elle pour lui porter secours. Tu jettes un coup d'œil derrière toi et vois qu'Angelica Blake est de nouveau en difficulté… Alors tu sors ton smartphone suisse de ta poche et pianotes dessus en direction du robot. Un laser en jaillit et vient toucher le robot en pleine poitrine ! Il tourne vers toi un regard rouge, avant de s'écrouler au sol.

– Julia, tu vas bien ? demande Angelica Blake en se précipitant sur ta sœur.

Celle-ci lui montre un pouce en l'air, et te voilà rassuré. Le silence se fait dans la chambre d'hôtel. Tout est calme, soudain, après cette horrible attaque et les explosions. Tu trembles encore de tous tes membres. Tu t'assois à côté de Julia, au bord de ce gouffre béant, qui te donne le vertige.

– Lukas, merci, lance la directrice. Tu as vraiment été très malin.

Vous restez tous les trois un moment comme ça, à reprendre vos esprits. Et puis d'un coup, de l'agitation se fait entendre en bas de l'immeuble. Des cris, pour être précis. Tu te penches un peu dans le vide et tu découvres médusé ce qui est en train de se passer. Au bout de la rue, entre deux buildings, se dresse un énorme robot de presque dix mètres de haut, qui sème la terreur dans New York. Et devant lui, courant à toute vitesse, des dizaines de robots-zombies qui foncent droit sur vous.

– O.K., je crois qu'il est temps que nous mettions notre plan en action, commente Angelica Blake. Vous êtes prêts ?

Bravo ! Grâce à ta logique sans faille, tu as réussi à te sortir d'une situation difficile ! Cet enseignement te fait gagner 1 point bonus à ajouter sur ta fiche d'aventure.

Rendez-vous au 57.

55

– **Naveen ?** Mais qu'est-ce que tu fais ici ? Je croyais que tu étais mort !

Au lieu de te répondre, le garçon se décale d'un pas, et tu découvres derrière lui Danny Roy, confortablement installé dans un large fauteuil rouge devant son poste de commande.

– Alors comme ça, c'est toi qui as stoppé mon robot ? Pour qui te prends-tu ?

– C'est le petit frère de Julia Pottier, chef.

– Chef ? Mais... Naveen, tu as trahi l'Agence ! Pourquoi ?!

– Parce que je suis beaucoup mieux payé. Et il t'a posé une question.

Tu avales ta salive péniblement en remarquant le regard haineux que Roy pose sur toi. Par la fenêtre derrière lui, tu vois que son œuvre de destruction se poursuit. Des dizaines de silhouettes courent dans un New York en feu. Il faut absolument que tu l'arrêtes ! Mais Naveen t'a confisqué ton smartphone suisse et tes lunettes. Heureusement, il n'a pas pris l'anneau du poing d'argent que tu as glissé au fond de ta poche.

– Petit, puisque tu as cru pouvoir doubler le grand Roy, tu vas être témoin de la destruction de New York ! Avec ta sœur en première ligne.

Il se retourne vers son poste de commande et pose sa main sur une manette. Cela ne te dit rien qui vaille... Il faut que tu réfléchisses, et vite.

Que vas-tu faire ?

Si tu décides de glisser ta main dans ta poche pour activer ton poing d'argent, rends-toi au 58.

Si tu décides de donner un coup de pied à Naveen pour qu'il te rende ton smartphone suisse, rends-toi au 60.

56

Angelica Blake et Julia tirent avec leurs lasers sur le robot géant. Aussitôt, il incline sa tête pour mieux les regarder. Ou les viser. Elles esquivent un tir de missile qui fait exploser un taxi jaune. Tu en profites pour t'éclipser et contourner, dans le chaos ambiant, les pieds du géant de fer.

– Emma, montre-moi l'entrée !

– Bien, agent Lukas Pottier.

Des tracés verts apparaissent devant tes yeux, t'indiquant clairement le chemin. Tu t'élances vers le pied du robot en déployant ton poing d'argent et commences à taper sur ce qui te semble être une trappe. Elle se ratatine et tu parviens à l'arracher pour pénétrer à l'intérieur du robot. Julia avait raison : il y a un genre de tunnel bordé de câbles électriques dans lequel tu es assez petit et fin pour te glisser. Reste à savoir si tu vas réussir à monter jusqu'en haut.

– Si je peux me permettre… déclare la voix robotique d'Emma. Votre smartphone suisse est doté de petites empreintes agrippantes que vous pouvez coller sur vos doigts. Cliquez sur l'application « doigts d'araignée ».

– Merci Emma, ça tombe à pic !

Tu fais ce qu'elle te dit, tu colles sur la pulpe de tes doigts de minuscules picots adhésifs. Après une profonde inspiration, tu ranges ton smartphone suisse dans ta poche, rétractes le poing d'argent et te lances dans cette drôle d'ascension. Dans le noir, ballotté par les mouvements du robot, tu te hisses en t'accrochant aux parois et aux câbles électriques. Lorsque tu arrives enfin en haut de la jambe, tu te retrouves dans un tunnel un peu moins étroit, sûrement le bassin du robot. Tu as une idée : tu vas débrancher les fils électriques par lesquels tu viens de monter. Tu donnes de grands coups de pied dedans, et ils finissent par se décrocher dans une gerbe d'étincelles. Instantanément, le robot s'immobilise et une alarme retentit autour de toi. Bon, pour la discrétion tu repasseras, mais peut-être que tu viens d'empêcher quelques dégâts dans New York ?

Tu reprends ton ascension, cette fois grâce à une échelle soudée à la paroi. Peut-être mène-t-elle au poste de commande du savant fou ? Tu te dépêches, car tu as bien peur qu'il te tende un piège ! Tu arrives finalement dans le cou du robot. Plus que quelques paliers et tu seras dans la salle de commande. Tu remets ton poing d'argent sur ta main, prêt à en découdre.

Et puis tu as une nouvelle idée : lancer une bombe fumigène dans la salle de commande pour surprendre Danny Roy. Tu cherches l'appli correspondante sur ton smartphone suisse. Alors que tu l'as enfin trouvée, tu sens qu'une main te tire en l'air en agrippant ton pull.

– Hé ! Lâchez-moi ! lances-tu en te débattant contre l'ennemi.

Mais quand on te dépose sur le sol, c'est le visage de Naveen que tu découvres face à toi.

*Rendez-vous au **55**.*

57

Dans l'ascenseur qui vous amène au rez-de-chaussée de l'hôtel, tu es clairement le plus tendu des trois. Angelica Blake est vissée à son téléphone, appelant tous les renforts possibles. D'un coup, Julia se tourne vers toi.

– Je crois en toi, Lukas. Tu as vraiment l'étoffe d'un agent secret hors pair. Je suis sûre que tu vas y arriver, d'accord ? Reste près de moi et tout se passera bien. Utilise tes gadgets dès que tu le peux.

Tu acquiesces mais tu sens l'angoisse monter. Les portes de l'ascenseur s'ouvrent. Dans le hall de l'hôtel de luxe, c'est le chaos. Des touristes courent dans tous les sens, affolés, et tu aperçois ton premier robot-zombie. Il a l'air d'un humain, comme la caissière de la station-service, sauf que ses yeux clignotent en rouge et que ses dents ont été remplacées par des crocs d'acier. Julia lui tire un laser en pleine tête, mais il reste debout. Alors elle lui envoie une bombe miniature qui vient exploser à ses pieds, coupant le robot en deux. Il continue de ramper, mais au moins il ne pourra plus courir.

– Ils sont vraiment coriaces ! lance Angelica Blake. Venez, suivez-moi ! On va se rapprocher au maximum du robot géant ! Si c'est ce que je pense, c'est lui qui dirige toute l'opération !

Vous sortez dans les rues de New York, et tu dois slalomer entre les passants et les voitures qui tentent de fuir le robot géant. Il est encore plus impressionnant vu d'en bas. Julia t'attrape la main.

– Nous sommes des chevaliers de Katsa, pas vrai, Lukas ?

– Oui !

Tu prends une grande inspiration et te concentres. Tu te mets à courir vers le robot avec ta sœur et Angelica Blake. En quelques minutes, vous arrivez presque à ses pieds, non sans avoir dû au préalable neutraliser quelques robots-zombies.

– C'est bien lui qui contrôle tout ! hurle Angelica Blake. Regardez sa tête !

Tu zoomes grâce aux lunettes Emma jusqu'en haut du robot, qui continue d'avancer vers vous. Derrière la vitre qui lui sert de bouche, tu aperçois deux hommes. Impossible de voir le premier, mais le second t'apparaît très nettement.

Il s'agit de Danny Roy, et il pilote ce gigantesque robot !

Au même moment, sur l'énorme panneau publicitaire qui trône au-dessus du building à ta droite, la tête du milliardaire apparaît.

– Cher peuple de New York, vous avez peur ? Vous voulez que les robots-zombies arrêtent de vous attaquer ? Alors, achetez mes robots de protection au prix unique de deux mille dollars l'unité. Ils sont le seul moyen d'échapper à ce cauchemar !

– Quel plan diabolique ! s'exclame Julia. Il faut absolument l'arrêter !

Avec ses lunettes Emma, elle scanne l'ensemble de la gigantesque silhouette.

– J'ai l'impression qu'il y a un moyen... de monter tout en haut ! Et peut-être de pouvoir débrancher les commandes qui contrôlent tous les robots-zombies !

– Qu'est-ce qu'on attend, alors ? répond Angelica Blake. On monte !

– Attendez... Il y a un souci. Le passage est trop étroit ! Il faut grimper le long des câbles électriques. Un adulte ne peut pas le faire.

Au même moment, leurs deux regards se tournent vers toi. Un frisson parcourt tout ton corps.

– Quoi ? Vous allez m'envoyer là-haut ?

Julia se tourne vers toi, implorante, les mains sur tes épaules.

– Lukas, on n'a pas le choix ! On va détourner son attention, et toi... tu vas grimper par l'arrière de son pied droit dans les conduits électriques avec ton poing d'argent. Une fois arrivé en haut, détruis tout ce que tu peux !

– Des renforts arrivent, indique Angelica Blake. Tu ne seras pas seul longtemps, nous viendrons te porter secours !

Tu acquiesces, même si la peur domine dans ton corps. Pourtant, tu n'as plus vraiment le choix. Tu peux sauver New York et stopper un dangereux savant fou, toi, Lukas, douze ans. Tu prends une grande inspiration pour t'aider dans ta tâche.

– O.K., j'y vais !

Pas si vite ! La mission qui t'attend va être compliquée à réaliser ! Tu dois te mettre en condition !

Réalise 5 pompes sur le sol.

Puis 6 sauts à pieds joints.

Te voilà prêt ! Et en regardant bien, tu trouveras où te rendre dans cette consigne.

58

Tu glisses ta main dans ta poche. Naveen comprend tout de suite ce que tu fais, mais il n'est pas assez rapide. Tu enfiles l'anneau, pose ton index dessus, et instantanément, le poing d'argent se déploie. Tu te jettes en avant et abats de toutes tes forces ton poing sur la console de commande.

Elle se ratatine sous le coup dans une gerbe d'étincelles et de grésillements.

– Nooooooon ! hurle Roy.

Dehors, tu vois les silhouettes des robots-zombies se figer petit à petit. Tu as réussi ! Mais tu sens les mains de Roy et de Naveen t'attraper, te tirer en arrière. Que vont-ils te faire ? Ta vie va-t-elle se terminer alors que tu viens juste d'avoir douze ans ?

Heureusement, un hélicoptère apparaît dans ton champ de vision. Et comme dans une scène de cinéma au ralenti, tu vois ta sœur se balancer au bout d'une corde, les deux pieds en avant. Dans son élan, elle brise la vitre devant toi et atterrit sur le poste de commande. Julia roule et brandit deux pistolets face à Roy et Naveen.

– La fête est finie ! Au nom de l'Agence, je vous arrête !

Rendez-vous au ***59.***

59

Les secouristes t'ont enroulé dans un plaid et apporté un chocolat chaud. Tu contemples, un peu sonné, les pompiers new-yorkais qui s'affairent à déblayer les dégâts causés par les robots-zombies et à porter secours aux victimes. Heureusement, vous avez réussi à empêcher le pire de se produire. Tu n'en reviens toujours pas d'avoir sauvé cette ville, les États-Unis, et peut-être le monde entier. Tu dois mériter une médaille, non ? Au bout d'un moment, Julia vient s'asseoir à côté de toi.

– Tu vas bien, Lukas ?

– Papa et maman ne me croiront jamais.

Elle rigole et passe son bras autour de ton épaule.

– Officiellement, tu es juste parti dormir chez ton copain Brice, hier soir. Tu n'étais pas à New York en train de sauver le monde. Tu ne dois rien leur dire.

– Ça doit être dur pour toi, de garder tous ces secrets.

Elle soupire puis te sourit.

– C'est dur, oui… Mais je suis fière de travailler pour l'Agence. Et maintenant, je peux partager mes aventures avec toi ! Enfin, même si tu as été super, je te souhaite de reprendre ta vie de collégien tranquille, avant de nous rejoindre pour de vrai.

Au même moment, Angelica Blake, qui discutait avec Mc Cain un peu plus loin, s'avance vers vous.

– Tout est rentré dans l'ordre, annonce-t-elle. L'Agence américaine n'était en fait pas corrompue. Naveen est le seul responsable, il s'est joué de nous. Qui aurait pu croire…

La directrice s'interrompt quelques secondes avant de reprendre.

– Enfin, il a été arrêté, comme Roy. Lukas, mille mercis. Tu as sauvé le monde, aujourd'hui ! Je savais que nous pouvions compter sur toi. Un jet privé t'attend pour te ramener chez toi… Mais sache que la porte de l'Agence reste ouverte si jamais tu décides de nous rejoindre.

Tu la remercies et lui serres la main. Alors que tu te lèves pour la suivre, Julia te retient.

– On se revoit bientôt, petit frère.

– Tu ne rentres pas avec moi ?

– Non, j'ai encore d'autres missions de la plus haute importance à remplir. Et toi, tu as un tournoi de Katsa à remporter.

– Oh ! ça…

– Ne te décourage pas, Lukas ! Tu sais que tu peux y arriver ! Tu as le courage, la sensibilité et la logique qu'il faut. Ce sont trois qualités indispensables, ne l'oublie jamais.

Julia a raison. Si tu veux remporter le tournoi de Katsa, tu devras avoir suffisamment de ces qualités !

Si tu as au moins 4 dans deux des trois catégories ,  et , tu peux te rendre au 50.

Sinon, rends-toi au 62.

60

Tu balances un puissant coup de pied dans l'entrejambe de Naveen. Le traître crie et lâche ton smartphone suisse. Tu te jettes dessus avant qu'il tombe par terre. Tu l'as dans la main, ça y est ! Tu ouvres l'appli « Fumigène », et un nuage de fumée se répand dans toute la salle de contrôle. Tu retiens ta respiration pour ne pas perdre tes moyens. Quand tu entends Roy et Naveen toussoter, tu te relèves et te diriges tout droit vers la station de commande. Tu sors l'anneau de ta poche et enfiles ton poing d'argent pour taper un grand coup sur la console ! Mais alors que tu t'apprêtes à enfoncer ton poing dans l'écran de contrôle, tu sens une énorme douleur derrière ta tête.

Tout devient noir autour de toi, et tu t'écroules au sol, inconscient.

Rendez-vous au 63.

61

Tu as commandé le risotto, et quand il arrive, tu en prends une grande fourchette chaude. Que c'est bon ! Julia s'installe à côté de toi sur l'un des grands lits. Elle se sert un verre d'eau avant de déguster le sien.

– Tu étais bien traitée, là-bas ? demandes-tu. Je veux dire, dans le repaire de Roy...

– Oui, pas trop mal. J'ai connu pire, crois-moi.

Tu restes silencieux et avales une nouvelle lampée. Julia a l'air de comprendre ton malaise. Au fond de toi, tu as l'impression de ne plus vraiment connaître ta grande sœur, et qu'elle t'a fait des cachotteries pendant des années.

– Je suis désolée de ne jamais avoir pu te parler de ça, Lukas... Mais je ne voulais pas te mettre en danger, ni papa et maman.

– Je comprends, oui. Mais qu'est-ce qui a changé ?

– Je ne pouvais plus faire confiance à personne à l'Agence. Je me suis dit que j'allais envoyer ma mémoire vive à la seule personne en qui j'ai vraiment confiance, le plus discrètement possible. Et j'ai bien fait, car deux jours après avoir posté mon classeur Katsa, je disparaissais.

Tu termines ton risotto et passes au dessert sans transition. Julia te regarde en rigolant.

– Tu me raconteras toutes tes aventures ? demandes-tu la bouche pleine. Pas maintenant je veux dire, mais quand tout ça sera fini ?

– Avec plaisir, petit frère ! D'ailleurs, elles t'ont plu, mes cartes Katsa ?

– Tu plaisantes ! J'avais jamais imaginé que tu avais une si belle collection ! C'est génial !

– Je savais que ça te plairait ! Et tu en es où de tes histoires de tournoi de jeu vidéo ? Tu en as un bientôt avec ton équipe ?

Toute cette histoire de sauvetage et de robots-zombies avait au moins eu le mérite de te faire oublier une chose : ton tournoi de Katsa ! Tu en as des frissons dans toute la colonne vertébrale rien que d'y penser ! C'est après-demain, et au train où vont les choses, tu vas sûrement le rater. Mais tu n'es de toute façon pas à la hauteur, tu le sais…

– Oh ! je connais ce regard, Lukas… Tu crois que tu n'es pas capable d'y arriver, c'est ça ? Mais enfin, c'est n'importe quoi ! Tu viens de me sauver des griffes d'un savant fou milliardaire constructeur de robots-zombies ! Tu peux tout réussir dans ta vie, Lukas !

– Tu le penses vraiment ?

– Mais oui, je t'assure !

Angelica Blake vous rejoint et vient piocher dans la troisième part de cheesecake.

– Julia, je t'ai apporté un nouveau poing d'argent et un smartphone suisse. Je me suis dit que ça pourrait t'être utile.

Elle tend à ta sœur l'anneau du poing d'argent et le téléphone multifonction.

– Bien, maintenant que vous avez repris des forces, nous devrions établir notre straté…

La directrice n'a pas le temps de finir sa phrase, car la vitre derrière elle explose. Terrorisé, tu te réfugies sous le lit. Tu n'as aucune idée de ce qui est en train de se passer. Tu entends Julia crier, du verre qui se brise, des coups de feu, des pas qui se précipitent et un sifflement strident dans tes oreilles. Tu fermes les yeux, tu as peur, tu restes caché.

Et puis soudain, l'adrénaline monte en toi. Tu dois aider ta sœur et Angelica Blake ! Tu ne peux pas rester caché, tu dois être courageux !

Alors tu sors de sous le lit. La scène que tu contemples te glace le sang. À ta gauche, il y a Angelica Blake, qu'un gros robot tient à bout de bras au-dessus du vide. À ta droite, il y a Julia, au sol, en train de se débattre sous les bras acérés d'un deuxième robot. Et surtout, face à toi, il y a un troisième robot qui te fonce tout droit dessus.

Que vas-tu faire ?

Si tu décides de sauver Angelica Blake car elle est la directrice de l'Agence et risque de mourir, rends-toi au 54.

Si tu décides d'aider ta sœur car tu as peur pour elle, rends-toi au **53**.

Si tu décides de te battre contre le robot en face de toi, rends-toi au **52**.

62

Deux jours ont passé depuis ton retour, et c'est aujourd'hui que se déroule le tournoi de Katsa ! Ta mère t'emmène jusqu'à la salle d'arcade. Après avoir déposé un baiser sur ta joue, elle te laisse avec le reste de ton équipe. Les deux garçons et la fille face à toi sont plus âgés et sont de meilleurs joueurs que toi, mais ils t'accueillent comme leur égal. Pourtant tu ne te sens pas à l'aise ; tu repenses aux paroles de ta sœur et tu te dis que non, tu n'as définitivement pas les qualités requises pour réussir ce tournoi. Alors, quand le chef de ton équipe te pousse en avant pour rejoindre votre place, l'angoisse monte encore d'un cran. Tu t'installes, mais le cœur n'y est pas. Tu le sens, tu vas échouer. Le stress est trop grand.

Quand le jeu commence, tu es tout de suite maladroit. Tu n'arrives pas à faire corps avec ton équipe, tu es à côté de la plaque. Forcément, ce qui devait arriver arriva : au bout de quelques manches, vous êtes éliminés. Et tu le sens bien, tout ça, c'est de ta faute... Décidément, tu es loin d'être aussi badass que ta grande sœur, Julia.

FIN

Si tu es déçu, tu peux rejouer cette histoire et tenter de remporter le tournoi en faisant des choix différents tout au long de ton aventure !

63

Lorsque tu reprends connaissance, tu as toujours cette douleur dans ta nuque. Tu ouvres les yeux, et il te faut un certain temps pour comprendre où tu es. On dirait… une chambre d'hôpital ?

– Lukas, tu es réveillé ?

Tu tournes la tête pour apercevoir Julia, assise à ton chevet. Elle te sourit de soulagement.

– Tu m'as fait si peur ! J'ai cru que tu ne te réveillerais jamais.

– Que… Qu'est-ce qui s'est passé ? Où suis-je ?

– Ne t'inquiète pas, tout va bien. On a gagné ! Naveen t'a assommé. Moi, j'ai profité d'un hélicoptère de la police de New York pour m'introduire dans la salle de commande. J'ai neutralisé Roy et Naveen, que je croyais pourtant être mon ami… Et j'ai arrêté les robots-zombies ! Tu aurais dû voir ça, c'était dingue.

– Oh ! j'ai tout raté… Je me suis évanoui.

– Tu as fait plus que t'évanouir, Lukas… Cela fait trois jours que tu es dans le coma. Nous t'avons ramené ici, à l'Agence. Papa et maman ont dû être mis au courant de ce qui se passe. Heureusement, tu vas mieux, maintenant.

– Trois jours ? Mais ça veut dire que…

– Oui, je suis désolée, petit frère. Tu as raté ton tournoi de Katsa…

FIN

Voici comment se termine ton histoire…
Mais si tu es déçu, tu peux la rejouer et tenter de remporter le tournoi en faisant des choix différents tout au long de ton aventure !

SOLUTIONS

1 Traduction de la carte :

Salut petit frère !
Aujourd'hui, c'est ton anniversaire...
12 ans déjà ! Je ne pourrai pas être
là aujourd'hui, mais j'ai décidé
de te transmettre un cadeau
important pour nous 2.
Prends-en bien soin, il pourra te servir
plus tôt que tu ne le crois...
Julia

6 Neuf parties du corps sont citées : main, poignet, ventre, yeux, main, pied, yeux, fesses, main. Il faut donc se rendre au paragraphe 9.

7 Neuf parties du corps sont citées : mains, épaules, épaule, main, aisselles, pied, yeux, fesses, main. Il faut donc se rendre au paragraphe 9.

❽ Dix parties du corps sont citées : œil, mains, paume, yeux, mains, aisselles, pied, yeux, fesses, main.
Il faut donc se rendre au paragraphe 9 (10-1=9).

❿ ⓭ L'agence britannique vue dans les films de James Bond est le MI-6.
Il faut donc se rendre au paragraphe 16.

㉑ Six couleurs sont citées : les chiffres vert fluo, la chambre blanche, les chaussons blancs, le portrait holographique bleu, la confiture rouge, les chaussures noires.
Il faut donc aller au paragraphe 14 (6+8=14).

㉓ Le poing d'argent – NOTICE
Cet appareil technologique de douzième génération équipe tous les agents de l'Agence dès **onze** ans.
Il n'en reste pas moins une arme de classe trois à manipuler avec précaution.

Précautions d'emploi :
Ne pas chauffer à une température supérieure à 42 °C.
Ne pas approcher d'une **flamme**.
Ne peut être utilisé que par la personne possédant les **empreintes digitales** d'après lesquelles il a été conçu. Risques de graves blessures s'il est utilisé par une autre personne.
Ne pas utiliser le poing d'argent pour briser des **murs** de plus de 50 cm d'épaisseur.
Ne peut pas s'utiliser sous l'**eau** ou à plus de 1000 m d'altitude.
L'utilisateur est seul responsable des dégâts et dommages engendrés sur la propriété d'autrui.
L'Agence ne peut être tenue responsable et ne devra rien rembourser des dégâts.
Le **porteur** du **poing** d'argent doit suivre un entraînement rigoureux auprès de l'Agence avant de s'en servir, sous peine de risques de blessures.

25 Las Vegas est une ville connue pour ses casinos.
Il faut donc se rendre au paragraphe 24.

34 35 36 Des hologrammes sont échangés dans le film *Star Wars*.
Il faut donc se rendre au paragraphe 39.

39

40 En observant bien l'image, tu peux remarquer que le cactus dessiné sur la première carte et celui du paysage sont identiques. La solution est donnée par le cactus de la deuxième carte.

45 Le labyrinthe amène au fil de gauche, qui amène lui-même au bouton A.
La porte s'ouvre donc en coupant le fil A.

57 Tu dois aller au paragraphe 56 (5 pompes et 6 sauts).

Dans la même collection…

DANS LA PEAU DE

MATHILDE DANSEUSE ÉTOILE

Extrait

1

– **Demi-pointe, pointe...** Demi-plié, grand plié...

Tu tends et plies les jambes au rythme des paroles de ta professeure, Mme Giliani. Tu as toujours admiré cette ancienne danseuse étoile du ballet de l'Opéra de Paris, et tu es ravie de suivre ses cours. Entrer dans cette école, c'est ton rêve de petite fille. Depuis ton premier cours de danse, à six ans, tu n'as jamais imaginé devenir autre chose que danseuse étoile. Et maintenant que tu étudies à l'école de l'Opéra de Paris, tu es tout près du but.

Mais tu te sens bizarre, aujourd'hui. Tu as le trac, ce sentiment si étrange que ressentent les danseurs juste avant d'entrer sur scène, dans la pénombre des coulisses. Pourtant, ici, tu es dans ton élément : cela

fait déjà quatre mois que tu suis les cours de l'école de l'Opéra de Paris. Tu as intégré un programme d'un an que tu espères bien pouvoir continuer l'année prochaine. Tes parents sont très fiers de toi, et toi aussi, même si parfois, c'est dur de vivre loin d'eux. Ils habitent avec ton petit frère, Damien, à trois cents kilomètres de Paris. Cette école, c'est ton rêve qui se réalise, mais c'est aussi une année loin de ta famille, à alterner les cours le matin, la danse l'après-midi, et l'internat le soir.

– Mathilde, concentre-toi s'il te plaît, te lance la professeure.

Tes jambes tremblent un peu. C'est la fin de la journée ; bientôt la libération. En fait, tu es très angoissée en pensant à l'audition de demain... Tu jettes un regard à Alice qui est derrière toi. C'est la chouchoute de tous les professeurs. Tu comprends bien pourquoi : elle est plus grande que toi, son port de tête est parfait, ses mouvements toujours impeccables. On dirait une plume qui caresse le parquet. Elle aura le premier rôle du spectacle de fin d'année, c'est sûr.

– Ce sera tout pour aujourd'hui, annonce finalement Mme Giliani. Étirez-vous bien, surtout.

Tous les corps autour de toi se relâchent. Tu es la première à enlever tes pointes. Tes orteils se libèrent de leur étau avec soulagement. Les pointes des danseuses sont à la fois leur outil de travail le plus indispensable et un véritable instrument de torture. Cela fait peu de temps que tu les travailles, pourtant tu comprends déjà pourquoi les danseuses étoiles ont les pieds si meurtris. Mais tu dois faire avec : la danse classique est un sport exigeant, qui demande beaucoup de travail et de sacrifices. Tu t'assois par terre et étends tes jambes endolories pour bien les étirer. À côté de toi, tu entends des filles glousser. Cynthia, Marie-Charlotte et Sophie, toujours les mêmes. Tu sens leurs regards sur toi, c'est désagréable. **D**epuis le début de l'année, ces trois-là ont décidé de ne pas t'aimer. Tu ne sais pas ce que tu as fait de mal, mais elles n'arrêtent pas de te chercher.

– Elle n'a aucune chance face à Alice. Je sais même pas pourquoi elle essaye !

Cynthia parle fort exprès pour que tu l'entendes, tu sais bien qu'elle parle de ton audition de demain.

Si tu as au moins 4 **tu peux te rendre au 2 pour tenir tête à Cynthia.**

Si tu as au moins 4 **tu peux te rendre au 3 et sortir de la salle.**

Si tu as au moins 4 **tu peux te rendre au 4 et parler à Alice.**

2

Tu te tournes vers elles, le regard noir, pour bien leur montrer que tu as tout entendu. Cynthia incline la tête avec un air de défi. Tu ne vas pas te laisser faire, cette fois-ci.

– On ne t'a jamais appris à tourner sept fois ta langue dans ta bouche avant de parler ? assènes-tu.

Tu attrapes tes affaires et tu quittes la salle de danse, furieuse, sans lui laisser le temps de te répondre.

Une fois dans le couloir, tu pousses un grand soupir de soulagement, et un peu de victoire aussi. Tu passes la bandoulière de ton sac sur ton épaule et enfiles à toute vitesse tes baskets. Un groupe d'adolescents passe près de toi, tu baisses la tête : tu n'as envie de parler à personne. Pourtant, une main se pose sur ton avant-bras. Tu te retournes pour découvrir le visage souriant d'Ahmed.

Pour savoir à quel numéro te rendre désormais, compte le nombre de parties du corps différentes citées dans ce paragraphe et retire 2 au nombre trouvé.

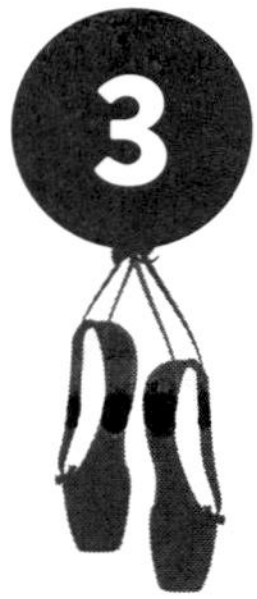

Tu sens tes yeux s'emplir de larmes, mais tu ne leur montres pas. Tu ne voudrais pas faire plaisir à ces pestes. Au lieu de ça, tu te lèves, tu leur lances un regard noir et tu quittes la salle, la tête basse.

Une fois dans le couloir, tu essuies tes larmes avec le revers de ta manche. Il faut que tu te calmes, elles ne doivent pas prendre le dessus sur toi. Tu penses à ce que diraient tes parents dans cette situation : que tout va s'arranger, qu'elles n'en valent pas la peine. Finalement, tu prends une profonde inspiration et parviens à t'apaiser. Tu passes la bandoulière de ton sac sur ton épaule et enfiles à toute vitesse tes baskets. Un groupe d'adolescents passe près de toi, tu baisses la tête : tu n'as envie de parler à personne. Pourtant, une main se pose sur ton avant-bras.

Tu te retournes pour découvrir le visage souriant d'Ahmed.

> ***Pour savoir à quel numéro te rendre désormais, compte le nombre de parties du corps citées dans ce paragraphe et retire 2 au nombre trouvé.***

Tu sais très bien que Cynthia le fait exprès, alors tu ne te laisses pas impressionner. Tu es plus intelligente qu'elle, et tu vas le lui prouver une fois de plus. Tu te lèves et te diriges vers la sortie. En passant, tu t'arrêtes devant Alice.

– Bonne chance pour demain, dis-tu assez fort pour que Cynthia et ses copines t'entendent.

4

Une fois dans le couloir, tu pousses un grand soupir de soulagement. Tu essayes toujours d'avoir la réaction la plus intelligente pour mettre Cynthia K.-O. Tu passes la bandoulière de ton sac sur ton épaule et enfiles tes baskets à toute vitesse. Un groupe d'adolescents passe près de toi, tu baisses la tête : tu n'as envie de parler à personne. Pourtant, une main se pose sur ton avant-bras. Tu te retournes pour découvrir le visage souriant d'Ahmed.

Pour savoir à quel numéro te rendre désormais, compte le nombre de parties du corps différentes citées dans ce paragraphe et file au nombre trouvé.

À suivre...

Dans la même collection :

Direction de la publication : Sophie Chanourdie
Suivi éditorial : Anne Blanchard
Édition : Anne Létoré
Révision rédactionnelle : Aurélie Lacombe
Suivi artistique : Guillaume Dupont
Conception graphique et mise en pages intérieure : Graphicat
Fabrication : Rebecca Dubois

21, rue du Montparnasse – 75006 Paris

ISBN : 978-2-03-597620-8
Imprimé en Italie par Grafica Veneta
Dépôt légal : mars 2021
326551-01/11044925 – février 2021